古代史で読みとく かぐや姫の謎

関 裕二

祥伝社黄金文庫

本書は祥伝社黄金文庫のために書下ろされました。

はじめに

『竹取物語《たけとりものがたり》』は、日本人なら誰もが知る説話だ。けれども、「テーマは何か?」「作者は何を言いたかったのか」と改まって考えると、明確な答えは、なかなか出てこない。スタジオジブリのアニメ映画『かぐや姫の物語』は、「清貧《せいひん》こそ大切」というテーマを掲《かか》げていたが、古典の『竹取物語』を読むかぎり、そんなことはどこにも書かれていない。

意地の悪い見方をすれば、かぐや姫は悪女だ。かぐや姫は言い寄る貴公子《きこうし》たちに無理難題《むりなんだい》を押しつけ、高価な品物をささげる男どもを袖にし、最後は帝《みかど》の入内要請《じゅだいようせい》も断り、育ての親を捨て、月の都に帰っていく……。

物語の一部を拾い上げれば、かぐや姫は「性悪女《しょうわるおんな》」「小悪魔《こあくま》」に見えてくる。それにもかかわらず、この物語が平安時代《へいあんじだい》に編《あ》まれ、今日まで親しまれているのはなぜだろう。それは、物語に漂《ただよ》う「悲しさ」「切《せつ》なさ」が、読む者の心を打ち続けてきたからではなかろうか。

物語の中でかぐや姫は、「前世《ぜんせ》の罪を背負っている」と語られる。だからこの世に降ろされたのだという。けれども、その罪がどのようなものだったのか、貴公子たちや帝と結ばれることなく去って行ったのは、その罪ゆえなのか、もっとも肝腎《かんじん》なところが分からない。だからこそ、『竹取物語』は謎めくのだ。そして、罪を背負ったかぐや姫の姿は、どこか悲しげなのだ。

かぐや姫には、モデルがいたと思う。それは、「権力を手に入れた女傑《じょけつ》」であり、現実に「大きな影響力を及ぼした」にもかかわらず、「すべてが本意ではなかった」からこそ、深い憂いを抱えたまま亡くなったのではないかと思えてくるのだ。しかも、彼女の正体がほとんど知られていないからこそ、『竹取物語』は編まれたのではないかと、筆者は勘《かん》ぐっている。

『竹取物語』の謎解きを、はじめてみよう。

平成二十七年九月

関裕二《せきゆうじ》

はじめに　003

第一章

なぜタイトルが脇役の「竹取《たけとり》の翁《おきな》」の物語なのか

第二章　恨まれ嫌われる藤原氏とかぐや姫

第三章

かぐや姫と中将姫《ちゅうじょうひめ》

第四章 県《あがた》犬養《いぬかいの》三《み》千《ち》代《よ》とかぐや姫

本文装丁／鈴木大輔・江崎輝海（ソウルデザイン）

第一章

なぜタイトルが脇役の「竹取《たけとり》の翁《おきな》」の物語なのか

なぜ脇役の「竹取の翁」の物語なのか

『竹取物語』の冒頭《ぼうとう》は、次のようにはじまる。

いまはむかし、たけとりの翁といふものありけり

お伽話風《とぎばなしふう》に言うと、こうなる。

昔々《むかしむかし》、あるところに、「たけとりの翁（以下、竹取の翁）」が、おりましたとさ

竹取の翁は、野山に分け入って竹を取り、細工《さいく》をして道具を造り、生業《なりわい》としていた。翁の名は「さぬきのみやつこ（散吉の造、讃岐の造）」と言った。そしてこのあと、竹取の翁は、竹の中からかぐや姫を見つけ、育てていく……。

誰もが知る『竹取物語』だから、あらすじなら誰もが語ることができるだろう。紫式《むらさきしき》部《ぶ》をして「物語の出《い》で来《き》はじめの祖《おや》」と言わしめた記念碑的文学が『竹取物語』だ。しか

し、いくつもの謎が隠されている。

まず第一に、製作年代と作者がはっきりとは分からない。

文中の史的記事を歴史考証《れきしこうしょう》し、語彙《ごい》や語法《ごほう》、成立年代が分かる他の文献《ぶんけん》の『竹取物語』関連記事から、製作年代は、大伴《おおとも》（伴《とも》）氏《し》が没落した応天門《おうてんもん》の変《へん》（八六六）よりもあとで、十世紀前半には、現在の物語の原型ができていたと考えられている。

作者に関しては、源順《みなもとのしたごう》、源融《みなもとのとおる》、僧正遍昭《そうじょうへんじょう》、賀茂峯雄《かものみねお》、紀長谷雄《きのはせお》、斎部氏《いんべし》（一族の誰か）などの説がある。また、かぐや姫に求婚する貴公子たちの中に大海人皇子《おおあまのみこ》（天武《てんむ》天皇）が勝利した壬申《じんしん》の乱《らん》（六七二）ののち出世した貴族が含まれていたこと、彼らは物語の中でからかわれていることから、「反天武派（親天智派）の知識人」によって書かれたのではないかとする三谷栄一《みたにえいいち》らの説もある。ただし、どれも決定打に欠いているし、「反天武派の誰か」という推理は、全く的外れだ（理由はのちに触れる）。

謎はこれだけではない。かぐや姫が主役なのに、なぜ『竹取物語』のタイトルがつけられたのだろう。なぜ、竹取の翁の「竹取物語」なのか。実際古くは宮中で「竹取の翁の物語」とも呼ばれていた。それは、なぜか。なぜ、脇役の竹取の翁が注目されたのだろう。

不思議なことに、「竹取の翁の物語」は、いくつも存在する。たとえば奈良時代に成立していた『万葉集《まんようしゅう》』巻十六―三七九一の歌の題詞《だいし》は「昔老翁《むかしおきな》あり、号《よびな》を竹取《たけとり》の翁《おきな》といふ」とある。内容は次のようなものだ。

丘に登ってあたりを見渡してみると、羹《あつもの》を煮《に》ている花のように美しい九人の娘に出逢った。娘たちは竹取の翁を笑いながら呼び、火を炊いて起こしてほしいと頼む。老翁は喜んで馳《は》せ参《さん》じた。しばらくすると娘たちはクスクスと笑い、

「このお爺《じい》さんを呼んだのは誰?」

と、互いを突いた。老翁はかしこまって言った。

「たまたま仙女《せんにょ》に巡り会い、戸惑《とまど》ってしまった私の心は、どうすることもできません。なれなれしくしてしまった罪は、歌で償いましょう」

そこで詠《うた》った歌が、この長い題詞のあとに続くのだ（省略する）。

話の内容は、『丹後国風土記《たんごのくにのふどき》』逸文《いつぶん》の羽衣伝承《はごろもでんしょう》に似ているが、そっくりなわけではない。問題はやはり、「竹取の翁」が主人公だったことにある。

『竹取物語』よりもあとに編まれた『今昔物語集《こんじゃくものがたりしゅう》』（巻三十一第三十三話）にも、竹取の

翁の物語が載る。こちらは『竹取物語』によく似《に》ている。

竹取の翁は竹林に入り竹を取り竹籠《たけかご》を作っていた。ある日、いつものように竹を切ると、竹の節の中に三寸の光り輝く人（女性）を見つける。ただし、「カグヤヒメ」の名は出てこない。

竹の霊性と竹取の翁の立ち位置

なぜ「竹取の翁」があちらこちらに現れたのだろう。そして無視できないのは、竹取の翁の目の前に登場するのは、「カグヤヒメ」とは限らないこと、ただし神聖な女性であることに変わりはないということだ。『万葉集』の場合は仙女であり、『今昔物語集《こんじやくものがたりしゆう》』の場合、天皇が女性に向かって、「お前は何者なのだ。神なのか、鬼なのか」と問う場面がある。女性は、「神でも鬼でもない。けれども、これから空より私を迎えに来る人がいる」と告げる。そして迎えに来た人たちは、「この世の人ではない」と記されている。

『万葉集』の竹取の翁は、仙女たちにからかわれていて、他の話とは若干ニュアンスは異なる。しかし、神聖な女性が登場する説話の中で竹取の翁がなぜ必要だったのだろう。

まず、「竹」そのものが、古くから神聖視されてきたという歴史がある。縄文遺跡《じようもんいせき》から、多くの「櫛《くし》」が発見されているが、櫛も呪具《じゆぐ》として用いられていた。その中に竹製で漆《うるし》を塗《ぬ》ったものが見つかっている。古墳時代《こふんじだい》にも、古墳の中から竹櫛が出土する。竹は、人智《じんち》を超えた生長力を見せ、しかも中は空洞で、精霊が宿ると信じられていたのだろう。そのため竹には強い霊力が備わっていると人びとは信じ、呪具に用いた。竹でつくった箕《み》や籠《かご》も、呪力《じゆりよく》が宿るとみられていた。簑笠《みのかさ》を着て姿を隠す者は神聖な者とみなされもしたのである。だから、竹取の翁は「ただの人」ではない。霊的な力を持った者とみなすことができる。だからこそ、仙女と出逢えたのであり、かぐや姫を発見し、育て親になることができたのだろう。

ただし、「神聖な者」は、「差別される者」でもあった。柳田国男《やなぎたくにお》は竹取の翁を貧賤《ひんせん》の身分とみなしている。この考えを理解するには、すこし説明が必要だ。のちに詳しく触れるが、五人の貴公子たちに求婚されたかぐや姫は、貴公子たちに無理難題を押しつけるが、その中のひとり「くらもちの皇子《みこ》」は、「蓬莱山《ほうらいさん》から帰ってきた」と嘘をつき、かぐや姫から求められた「蓬莱の玉《たま》の枝《えだ》」の「精巧なニセモノ」を用意してかぐや姫の元にやってくる。その時竹取の翁が、「くらもちの皇子」の語る苦労話に感銘し、歌を作る。

くれたけのよよのたけとり野山《のやま》にもさやはわびしきふし（節）をのみ見《み》し

何世代も竹取を生業にして野山に分け入って大変な思いをしてきましたが、あなた様が経験されたような苦しみはありませんでした……。

柳田国男はこの一節を重視し、竹取の生業が一般の百姓とは異なること、「山川藪沢《さんせんそうたく》の利《り》」（大宝令《たいほうりりょう》）で細々と生活する賤民《せんみん》だったと指摘している。

竹取の翁が賤しい身分だったことは、『竹取物語』の中でも語られている。かぐや姫の美貌《びぼう》の噂を聞きつけた帝は、かぐや姫を献上するよう竹取の翁に命じるが、かぐや姫はこれを拒否する。そこで帝は直接かぐや姫を手に入れようと館に押しかけるが、かぐや姫は影のように消えてしまって連れ帰ることができなかった。やむなく宮に戻る途中、帝は次の歌を歌う。

帰るさのみゆき物憂《ものう》くおもほえてそむきてとまるかぐや姫ゆゑ

［帰り道が物憂く思われ（このままじゃ、帰りたくないなあ）つい、後ろをふり返ってしまう。かぐや姫が私の命に背いて出仕しないからです］

これにかぐや姫が次のように返す。

むぐらはふ下《した》にも年《とし》は経《へ》ぬる身《み》のなにかは玉《たま》のうてなをも見む

［葎《むぐら》（蔓草《つるくさ》。貧しさの象徴）がはうような賤《いや》しい家で育ってきた私が、なぜ玉《たま》の台《うてな》（美しく立派な御殿）を見て暮らせるでしょう］

もちろん、謙遜の意味も込められているかもしれないが、かぐや姫自身が、「賤しい家に育った」と語っているこの言葉は、無視できない。

なぜ竹取は蔑《さげす》まれていたのか

なぜ、聖なる者が賤しい者でもあったのか、現代人の感覚では理解しにくい。

太古の聖職者はある時期から追いやられ零落《れいらく》し、次第に卑賤《ひせん》の身となり、蔑まれていくようになる。そのきっかけはおそらく八世紀のことだ。斎部広成《いんべのひろなり》が『古語拾遺《こごしゅうい》』の中で語っているように、律令制度が整えられていく過程で、古い時代の神道《しんとう》は改編《かいへん》され、中臣《なかとみ》（藤原《ふじわら》）氏によって、神祇祭祀《じんぎさいし》は私物化されていく。当然、中臣氏以外の朝廷《ちょうてい》の神祭りに携わっていた者たちは、それまでのポジションに居座ることはできなくなったわけである。いわゆる「神道」は古い日本の信仰形態を破壊したあとに創作したものにほかならない。

太古の日本人は、神の中に二つの顔を見出した。祟《たた》り（災害）をもたらす恐ろしい魂（霊）＝荒魂《あらみたま》（鬼）と、人々に恵みをもたらす魂（霊）＝和魂《にぎみたま》で、神の表と裏の顔とみなしたのだ。すなわち、神は「祟る恐ろしい存在だが、祀り、なだめすかせば、穏やかな存在となる」ということになる。そして、精霊や神は「物」に宿ることから、「鬼」は「モノ」と呼《よ》ばれ、「オニ」とは呼んでいなかったのだ。「もののけ姫」の「もの」が、これだ。

ところが、藤原氏が実権を握り、中臣氏が神道祭祀を独占していくと、「神と鬼」は切り離され、「鬼」は零落し邪悪な存在と化していった。同時に鬼は「モノ」ではなく、「オニ」と呼ばれるようになっていったのだ。神聖な者たちが卑賤の身に滑落していった理由も、ここにあるし、竹取の翁の謎を知る上で、鬼の凋落が、大きなヒントとなる。

「竹取」は鍛冶屋や傀儡子《くぐつ》と同様、集落から集落へ渡り歩く特殊な職業だった。竹取は箕《み》作《づく》り、箕直《みなお》し、笊作《ざるづく》り、筬作《おさづく》り（機織《はたおり》の道具）などを専門に、公の野山に分け入り、竹を取り、細工を施し、移動し、仮の住まいに住み、転々とする漂泊民だった。のちに「山《さん》窩《か》」と呼ばれる人びとである。

「竹取」の作る箕などは、農村でよく見かけたものだが、作る技術は特殊で、作り方は秘密にされてきた。また、穀物を入れる「中が窪んでいる」ことから、穀霊の宿る神座《かむくら》と考えられ、神聖視されてきた。

『播磨国風土記《はりまのくにのふどき》』餝磨郡伊和里《しかまのこおりいわのさと》の条《じょう》に、箕《み》がらみの次の話が載り、一帯の地名説話になっている。

昔、大汝命《おおなむちのみこと》（出雲《いずも》の大己貴神《おおあなむちのかみ》）の子《こ》・火明命《ほのあかりのみこと》（『日本書紀』には天津彦彦火瓊瓊杵尊《あまつひこひこほのににぎのみこと》の子とある）は、強情で荒々しかった。大汝命は憂えて、捨てて逃げてしまおうと考えた。気付いた火明命は、怒り、波風を起こして父の船を追った。このため船は進むことができなくなって沈んでしまった。船が沈んだ場所を船丘《ふなおか》、波丘《なみおか》と名付けた。そのとき、いいろいろな物が船の中からこぼれ落ちた。琴《こと》、梳匣《くしげ》、箕《み》、甕《かめ》、稲《いね》、冑《かぶと》、沈石《いかり》、綱《つな》、鹿、犬、蚕《かいこ》で、それぞれが「匣丘《くしげおか》」などの地名になった……。

三谷栄一はこれらの落とし物が「農祭」に関係深いものと指摘し、その中に「箕」が含まれていること、古代の人びとにとっても、「箕」が重要視されていたことが分かると言い、「箕」はその年ごとの豊作を象徴するもので、穀霊が宿ると考えた。そしてこの「箕」を作るのは、専門の人間であり、彼らは豊穣を祝福する神人《じにん》で、人びとから尊ばれ、恐れられていたと指摘する（『日本文学の民俗学的研究』有精堂）。

また、「竹取」が神人であったことは、伊勢豊受大神宮《いせとようけじんぐう》（外宮《げくう》）の伝承《でんしょう》に「竹取」が含まれている点からも明らかだと言う。

すくすくと空洞にして延びる竹に神秘を感じ、その根元を特に神聖し、呪力《じゅりょく》ある竹を伐るといふことは、神人でなければならなかったのかも知れない（前掲書）

まさにそのとおりだろう。

その一方で、竹取の翁のもうひとつの側面に注目したのが沖浦和光《おきうらかずてる》だ。かぐや姫を育て上げたのが貧しい竹取の翁だったところがミソだと言っている。かぐや姫は竹取の翁だけに心を開き、五人の貴公子のみならず、帝にも背を向けた。「庶民にとっては、このくだりは実に痛快で、日頃の胸のつかえがとれて溜飲《りゆういん》がさがる場面であった」(『竹の民俗誌』岩波新書)と言うのである。

なるほど、貧しいけれども聖なる者たちの物語に、庶民は共感し、拍手喝采《はくしゆかつさい》を浴《あ》びせた、ということになる。「貧しい」という設定は、「聖なる呪力」を強調する意味も隠されていたのかもしれない。

竹取の翁と讃岐《さぬき》のつながり

ひとつ引っかかるのは、竹取の翁が斎部《いんべ》(忌部《いんべ》)氏と、強く結ばれていたことだ。斎部氏は朝廷の祭祀に深くかかわっていた名門氏族だが、八世紀以降、次第に衰退していき、政権を恨んでいた気配がある。そこで竹取の翁と斎部氏の関係について、説明しておこう。

竹取の翁の名は、「さぬきのみやつこ」という。「さぬき」といえば四国の「讃岐《さぬき》（香川県）」を思い浮かべるが、まさに四国からヤマトにやってきた人たちと関係があるらしい。この讃岐が、斎部氏とつながっている。

奈良県北葛城郡広陵町《きたかつらぎぐんこうりょうちょう》三吉《みつよし》に讃岐神社《さぬきじんじゃ》（式内社《しきないしゃ》）があって、大国魂命《おおくにたまのみこと》や大物主命《おおものぬしのみこと》が祀《まつ》られるが、かつては讃岐から勧請《かんじょう》した神（散吉大建命《さぬきおおたけのみこと》など）を祀っていたようだ。

神社の近くに馬見古墳群《うまみこふんぐん》（四～六世紀）が存在し、今では馬見丘陵公園《うまみきゅうりょうこうえん》が整備されている。葛城《かつらぎ》氏の墓域ではないかとする考えもあるが、定かなことは分かっていない。けれども、侮《あなど》れない勢力がこの地に根を張っていたことは間違いないし、「物部系《もののべけい》の土地」だった可能性も高い。

物部氏は古代最大の豪族で、物部系の史書『先代旧事本紀《せんだいくじほんぎ》』によれば、一族の祖饒速日《にぎはやひの》尊《みこと》（命）がヤマトに舞い下りるとき、多くの「天物部《あまのもののべ》（軍事《ぐんじ》・刑罰《けいばつ》に従事《じゅうじ》する者《もの》たち）」が随行《ずいこう》したとあり、「播磨物部《はりまのもののべ》」や「筑紫聞物部《つくしのきくのもののべ》」のように、西日本各地の地名を負っていた。その中に「讃岐三野物部《さぬきのみののもののべ》」が連《つら》なっている。彼らは讃岐（香川県）に関わりをもっていた枝族であろう。讃岐のみならず、四国の北岸地帯《ほくがんちたい》は物部氏の密集地帯で、伊予国《いよのくに》

の翁と「斎部」はつながっている。
『古事記』には、第十一代垂仁《すいにん》天皇が大箇木垂根王《おおつつきたりねのみこ》の娘・迦具夜比売命《かぐやひめのみこと》を娶《めと》って袁耶弁《おざべの》王《みこ》が生まれたとあるが、大箇木垂根王の弟が讃岐垂根王で、兄弟の父は第九代開化《かいか》天皇だ。つまり「カグヤヒメ」の叔父が「サヌキ」だった。ここでも「カグヤヒメと讃岐」が、寄り添っている。これは偶然なのだろうか。そうではあるまい。『竹取物語』作者の、なにかしらの意図が込められているにちがいない。

竹取の翁が「さぬき」、「竹」、「斎部（忌部）氏」と強くつながっていたことはたしかだ。ならば、『竹取物語』は、斎部氏系の文書なのだろうか。

斎部氏系の文書と言えば斎部広成の記した『古語拾遺』を思い浮かべる。『古語拾遺』は、ちょっと風変わりな文書だ。
『古語拾遺』は大同二年（八〇七）年に編纂された。『日本書紀』を下敷きにして、独自の記載がなされている。編者は斎部広成で、彼がもっとも言いたかったことは、「同じように朝廷の祭祀に関わってきた中臣氏が、斎部氏を斥け、祭祀を独占している」というもので、「忽然《たちまち》に遷化《みまか》りなば、恨《うら》みを地下《したつくに》に含《ふく》まむ」とまで言っている。すなわち、『古語拾遺』の主張が認められなければ、恨みを地下の国に持っていかねばならないと言うのだ。

もし仮に、『竹取物語』の作者が、斎部広成と同じように、「斎部氏の復権」を目論んでいたとすれば、竹取の翁は「零落した聖職者＝斎部氏」をモデルにしていた可能性が出てくる。

竹取の翁の物語

しかし、これだけでは、かぐや姫の謎を解いたことにはならない。『竹取物語』には、いくつもの不可解な記述が残されている。これまで、解明されてこなかった謎だ。そこでまず、『竹取物語』のどこに、疑問が浮かぶのか、『竹取物語』のあらすじを追って、その様子を観ていこうと思う。

『竹取物語』の冒頭部分は、すでに触れた。竹取の翁の名が「さぬきのみやつこ」だったという場面まで話してある。続きは以下の通り。

竹取の翁は光る竹をみつけた。怪しんで寄ってみると、筒の中が光っていた。三寸ばかりのとてもかわいらしい人だった。竹取の翁は、「私が朝晩見る竹の中にいらっしゃった縁で知りました。子（籠《こ》にかかっている）になる運命の人でしょう」こう言って手に入れて連れて帰った。妻の嫗《おうな》に預《あず》けて養わせた。とても美しい娘だった。小さいのでカゴに入れた。

竹取の翁はこののち、黄金が入った竹をよく見つけるようになった。だから、翁の家は富んでいった。

子はどんどん大きくなり、三ヶ月で一人前の大きさになった。容貌は世に類がないほど美しく、家の中は光で溢れたようだった。苦しいことも、腹立たしいことも、この子を観ていると忘れてしまう。

このの ちも竹取の翁は黄金を手に入れ、一層富を蓄えた。御室戸《みむろど》の斎部《いんべ》の秋田（なる人物）を呼んで、子に名をつけさせた。秋田が「なよ竹のかぐや姫」と命名すると、人びとを招き、盛大に宴を開いた。

世界の男は、身分の差にかかわりなく、かぐや姫を一目見てみたいと願ったが、容易ではなかった。みなあきらめたが、色好みの五人の貴公子はあきらめきれず、通った。その名は、石作の皇子、くらもちの皇子、右大臣《うだいじん》阿倍御主人《あべのみうし》、大納言《だいなごん》大伴御行《おおとものみゆき》、中納言《ちゆうなごん》石上《いそのかみの》麿足《まろたり》であった。彼らは評判の娘がいると、何がなんでも手に入れたくなる輩で、あらゆる手段を駆使してかぐや姫に会おうとした。竹取の翁を呼び出し、伏して、手を摺り合わせて「娘を下さい」と懇願したが、「私が生ませた子ではないので、言い聞かせることはできないでしょう」と断られた。月日はいたずらに過ぎ、それでも五人はあきらめなかった。竹取の翁はかぐや姫に、次のように語った。

「わが子の仏、変化《へんげ》の人ではあろうとも、ここまで育てた私の言うことも、聞いてくれないだろうか」

するとかぐや姫は、「親と思っている」と言うので、竹取の翁は喜び、

「私も長くはないのだから」

と、結婚を勧める。かぐや姫は、

「なぜ結婚をしなければならないのか」

と言い、さらに、

「愛情の深さを確かめずに結婚しても、浮気心を持たれ、後悔するに決まっています」

と、正論を述べる。そしてかぐや姫は、五人の貴公子に品物を要求して、愛の深さを確かめ、その上で誰に仕えるか決めると言いだしたのだった。

竹取の翁も納得し、貴公子たちを集めかぐや姫の考えを説明することにした。かぐや姫の要求は、以下の通り。

石作の皇子には「仏の御石《みいし》の鉢《はち》」、くらもちの皇子には東海の蓬莱山《ほうらいさん》にある「銀《しろがね》を根とし、金《こがね》の茎《くき》、白き玉を実にして立っている木」があって、その枝を折ってくるように求めた。もう一人には、唐土《もろこし》にある火鼠《ひねずみ》の皮衣《かわぎぬ》を、大伴御行には、龍の頸《くび》にかかる五色に光る玉を、石上麿足には、燕《つばめ》の持っている子安貝を求めたのである。

これを聞いた竹取の翁は、どれもこれも日本にないもので、

「この難題を、どうしてみなに伝えられるだろう」

と言うと、かぐや姫は、

「どうしてむずかしいことがありましょう」

と言うので、竹取の翁はやむなくそのまま伝えると、貴公子たちは、がっかりして帰って行く。

けれども、やはりかぐや姫と結ばれなければ生きていけないと考え、みな行動をはじめた(ただし、この五人の貴公子にまつわる説話の詳細は、のちに触れることにして、ここでは簡単に述べておく)。

結局、誰もホンモノを手に入れることができず、ニセモノであることをかぐや姫に見透かされてしまう。例外はくらもちの皇子で、工人たちに造らせた精巧な工芸品に、竹取の翁はすっかり信じ込み、くらもちの皇子とかぐや姫のために、寝室の用意を始めてしまう。かぐや姫はというと、憂鬱でたまらなくなってしまう。けれどもくらもちの皇子のウソも露顕し、結局かぐや姫の要求に応えられる貴公子はいなかったのである。

帝の要求をはねのけたかぐや姫

物語はここからさらに続いていく。かぐや姫と帝（天皇、国王）の間の緊張したやりとりがはじまるのだ。

類《たぐ》い希《まれ》なかぐや姫の美貌の噂は帝のお耳に入り、帝は内侍《ないし》（天皇への奏上や天皇からの宣《せん》下《げ》を仲介する女官）中臣のふさ子に、

「多くの貴公子を袖にしたかぐや姫とはどのような女人なのか、見てきなさい」

と命じた。竹取の翁の館で、嫗《おうな》に用件を伝えると、嫗はかぐや姫に、

「御使者に対面なさいますように」

と促すが、かぐや姫は、

「私の容貌は、それほど美しくはなく、どうして勅使《ちょくし》に見ていただけますでしょうか」

と、応じない。嫗《おうな》は、

「帝のお使いをおろそかにすることはできません」

と詰め寄るとかぐや姫は、驚くべきことを言う。

「帝がお召しになっていることは、恐れ多いとも思いません」

嫗は内侍《ないし》に、

「口惜しいことに、かぐや姫は強情者で……」

と、かぐや姫の様子を伝えると内侍は、

「必ず見て参れという帝の命を受けてこうしてやってきたのに、どうして帰参《きさん》できましょう。国王のおっしゃることを、この国の住人が、どうして断ることができましょう」

となじる。するとかぐや姫は、

「国王の命令を拒んだというのでしたら、早く私を殺してしまえばよいのに」

と、開き直った。

内侍は帝に奏上した。帝はかぐや姫の強い意志に驚いたが、

「この女人の計略に負けていられない」

と、竹取の翁を呼び出し、かぐや姫を献上するよう命じた。竹取の翁はかしこまり、

「帝の仰せをなんとか受けさせせましょう」

と請け合う。帝は、

「育てた子なのに、なぜ思い通りにならないのか。かぐや姫を宮に奉れば、翁に五位《ごい》の位《くらい》を賜《たまわ》る」

とおっしゃった。

喜んだ竹取の翁だったが、帰宅してかぐや姫を説得すると、かぐや姫は、

「無理強いされるのなら、消えてなくなってしまいたいのです。翁が官位を授かったなら、宮仕えして、あとは死ぬだけです」

と、覚悟を示す。翁は、

「そんなことをなさってはいけません。子がいなくなれば、叙爵《じよしやく》も何の意味がありましょう。なぜ宮仕えをなさらないのか。死にたいわけでもあるのですか」

と言うが、結局かぐや姫の気持ちを尊重し、帝にかぐや姫の異常生誕の秘密を語り、

「世間一般の子とは、心のあり方が異なるのです」

と奏上した。

それでも未練が残った帝は、御狩りの行幸《みゆき》で偶然を装い、かぐや姫の館を訪ね、かぐや姫を一目みたいとおおせになる。

当日、帝が館に入ると、家中が光り輝いていた。帝は逃げるかぐや姫を追い、袖を捕らえ、連れて行こうとするが、かぐや姫は次のように語る。

「私がこの国に生まれたのならば、宮仕えもできるでしょう。しかし、そうではないのですから、連れて行くことはむずかしいでしょう」

それでも帝は御輿に乗せようとするが、かぐや姫は影になって消えてしまった。後悔した帝は、

「どうかもとの姿にもどっておくれ」

と頼む。現れ出たかぐや姫を見て、帝はやはりその美しさに嘆息した。後ろ髪を引かれる思いで帝は宮に戻る。ここで、先に触れた「葎《むぐら》」「玉の台《たまうてな》」にまつわる歌のやりとりがあった。

帝はかぐや姫の歌を聞き、一層帰りたくなくなったが、仕方なくもどった。近侍する女人たちとかぐや姫をつい見比べてしまい、女人たちの元に「渡りたまはず」ということに

なってしまった。

帝の命に逆らったかぐや姫

話はここで、三年飛ぶ（省略しているのではない）。春の初めごろから、かぐや姫は「月」を眺めながら、普段よりも物思いにふけるようになった。そばの人が、「月の顔を見ることは、忌むべき（不吉な）ことですよ（そういう民俗があったようだ）」と諭《さと》すが、言うことを聞かない。人がいないところで、かぐや姫は月を眺めて泣きはらしている。

七月十五日に、かぐや姫は縁《えん》に出てもの思いにふけっていた。これを竹取の翁に報告する者がいた。

「かぐや姫は普段から月をしみじみと眺めていらっしゃいましたが、このごろは、ただごととも思えません。とても思い詰め、嘆くことがあるに違いありません。気を付けてみてさしあげてください」

これを聞いて竹取の翁はかぐや姫に問いただした。

「このすばらしい世の中にいるあなたが、どのような気持ちで、もの思いにふけり、月を御覧になっているのでしょう」

かぐや姫は、

「月を見れば、世間が心細く、あわれに思えてくるのです。なんのために、もの思いにふけり、嘆くものでしょう」

けれども、竹取の翁が実際に月を眺めるかぐや姫の様子を観察すると、物憂げであることが分かる。だから、月を見るのをやめるよう諭すが、効き目がない。

八月十五日が近づくと、かぐや姫は縁側に座り、泣きはらすようになった。そしてついに、今まで黙っていた秘密を打ち明ける。

「私はこの国（人間世界）の者ではありません。月の都の人です。それなのに、昔の契《ちぎ》り（前世の宿縁）があって、この世界にやってまいりました。けれども、もう帰らねばなりませんので、この月の十五日に、元の国から迎えが参ります。避けることはできず、どうしても帰らねばならず、あなた方が嘆かれるのは悲しいことですので、この春から、私も嘆き悲しんでいたのです」

こう言ってひどく泣く。翁は、「何があっても、私が育てた子は渡さない。そんなことになったら、私が死んでしまいたい」と言い放つ。かぐや姫と翁と嫗は一緒に泣いた。館の人びとも悲しんだ。

帝はかぐや姫が月に帰ってしまうことを知り、迎えが来れば捕らえてしまおうと考えた。だから十五日、二千人の兵を竹取の翁の家にさし向けた。土塀の上に千人、建物の上に千人、隙もないほどに配置したのだった。

嫗は塗籠《ぬりごめ》の中にかぐや姫を抱きかかえて身構え、翁は塗籠の戸口を閉め、その前を守っている。翁は、

「これだけ厳重に守っているのだから、天人にも負けないだろう」

と言い、建物の上にいる人たちにも、

「空を走る者を見かけたら、射落としてしまえ」

と声をかける。けれどもかぐや姫は、

「このようにしてみても、月の国の人とは闘うことはできません。矢を射かけることもできず、閉じ込めていても、月の国の人が来たなら、戸は開いてしまうでしょう。あの国の人が来たら、戦意も失せてしまいます」

またかぐや姫は、月の世界に行けば、年もとらないこと、悩みもなくなるが、だからと

いって喜んで帰るわけではないこと、翁と媼が老い衰えていく様を見届けたかったと、嘆く。

かぐや姫は罪を作ってしまったのか？

『竹取物語』の謎は、ここから先なのだ。月の王が、かぐや姫を迎えに来る。ここで、数々の「事情」が、明らかにされていく。けれども、そこにまた、おおきな謎が隠されていたのだ。物語を続けよう。

日付も変わろうという時間になって、家の周りが昼よりも明るくなった。人が雲に乗って降りて来て、地上から五尺ほどの高さに並んだ。兵士らが射かけようとするが、力が入らず、みな放心状態になってしまった。天人の衣裳はすばらしく、飛ぶ車を引いてきた。天蓋《てんがい》がさしかけられ、その中に王とおぼしき者がいて、

「みやつこまろ（翁）よ、こちらに来い」

と命じると、いきり立っていた翁も、酔ったような心持ちになって、突っ伏して進み出

た。

月の王は翁がわずかな善行をなしたことで、助けになればとかぐや姫を少しの間下界に降ろすつもりだったこと、たくさんの黄金を賜《たまわ》って翁が見ちがえるほどの金持ちになったと言い、次のように続ける。

「かぐや姫は天上界で罪を作られたため、かくも賤《いや》しいおぬしのもとに、しばらくいらっしゃったのだ。今、罪は消えたので（罪障消滅《ざいしょうしょうめつ》）こうして迎えに上がったのに、翁は泣いて嘆く。叶わぬことだから、かぐや姫をお返しもうしあげなさい」

翁はそれでも納得しない。

「二十年も育てたのに、それをわずかな間、という言葉をうかがって、疑わしくなりました。月の王が探していらっしゃるかぐや姫は、ここにいる姫とは別人ではないのでしょうか。それに、ここにいらっしゃるかぐや姫は、重い病気ですので、外にお出になることはできません」

しかし月の王は無視して、

「いざ、かぐや姫、穢《きたな》き所に、いかでか久しくおはせむ（さあ、かぐや姫、穢い所に、なぜ長くいらっしゃるのですか）」

と問いただすと、戸と格子が開き、媼が抱いていたのに、かぐや姫は外に出てしまった。媼は留めることができず、仰ぎみて泣いている。泣き崩れる翁に、かぐや姫は、

「心ならずも行かねばならぬのですから、せめて昇天する様を見送って下さい」

するると翁が、

「連れていってほしい、捨てないでほしい」

と懇願するので、かぐや姫の心は乱れ、手紙を書く。老夫婦を置いていかなければならぬつらさ、そして、形見の衣を置いていくこと、月の出た晩には、私の住む月を見てほしいことを書き連ねた。

不死の薬を焼いてしまった帝

天人は壺に入った薬をかぐや姫に飲むよう促した。

「穢《きたな》い地上のものを召し上がって気分が悪くなられたでしょう」

かぐや姫は少し舐めて、残りを脱いだ衣で包み、形見にしようとしたが、天人は許さなかった。そして天人は、御衣《おおんぞ》（天《あま》の羽衣《はごろも》）を着せようとする。かぐや姫は、「しばし待て」

と制した。

「天の羽衣を着た人は、常の人と心が違ってしまうということですから、その前に一言言い置くことがあります」

こう言って手紙を書き始めると、天人は、「遅い」と、苛立つ。かぐや姫は、「物わかりの悪いことをおっしゃるな」と言い返し、静かに帝に手紙を書き始めた。

「私を留め置こうとこれほど多くの人たちをさし向けていただきましたが、避けることのできない迎えがやってきて、こうして捕らえられ、連れて行かれることは、悲しく、残念でなりません。宮仕えしませんでしたのも、このような常とは異なる面倒な事情があったからです。強情で、無礼な者と思われていることが、心残りです」

また、歌を作った。

今はとて天《あま》の羽衣《はごろも》着《き》るをりぞ君《きみ》をあはれと思ひいでける

今こうして、天の羽衣を着る段になって、君（帝）を「あはれ」と、思っている私です……、と言っている。

「あはれ」は、現代人の言う「哀れ」とはニュアンスがちがう。「しみじみと思われる」ということになる。かぐや姫は壺の薬を副《そ》えて献上すると、天人がすかさず天の羽衣をかぐや姫に着せてさしあげた。すると、翁を慈しむ心も消えてしまった。そのまま車に乗り、百人の天人を引き連れて昇っていった。

その後、翁も嫗も血の涙を流して思い乱れたが、どうにもならない。周りの人びとがかぐや姫の書きとどめた手紙を読んで聞かせるが、

「なにをするために命を惜しむだろう。誰のために命を惜しむのだ。何事も意味がない」

こう言って薬も飲まず、やがて起き上がることなく、病に伏せってしまった。

かぐや姫を留めることができなかったことを知った帝も、食事もできなくなってしまうほど落胆してしまう。天にもっとも近い山が駿河国（静岡県）に存在することを知ると、次の歌を作った。

あふこともなみだにうかぶ我《わ》が身には死なぬ薬も何《なに》にかはせむ

かぐや姫に二度と会えず、あふれる涙の中に浮かんでいるような私ならば、不死の薬な

ど、なんの役に立つというのだろう……。

使者にかぐや姫が献上した不死の薬を預け、駿河の国にあるという山の頂上で焼かせてしまった。この時、「つわもの（士）」たちがたくさん登ったことから「士に富む山＝ふじ山」と名付けた。そして、その不死の薬を焼く煙は、いまだに雲の中に立ち上っているという……。

これが、『竹取物語』のあらましだ。ただし、五人の貴公子とかぐや姫のやりとりは、このあと、ゆっくりと紹介しよう。

かぐや姫は神の妻なのか

注目すべき点は、いくつもある。

まず第一に、かぐや姫の不思議な行動だ。

五人の貴公子の求婚に対し難題をふっかけ、袖にしている。これくらいなら、謎ではないかもしれない。その一方で、帝（天皇）の命令も拒否していた理由が分からない。「かぐや姫の固い意志」が謎なのではない。「設定」が謎めくのだ。作者は、なぜ天皇まで巻き込んで、「かぐや姫の貞操」を守り抜こうとしたのか、その意図が測れないのである。

第二に、かぐや姫が思いのほか高貴な存在だったということだ。それが分かるのは、月の王の態度である。「かぐや姫は罪を作った」と月の王が言うくだり、原文では、「かぐや姫は罪をつくりたまへりければ」と、月の王がかぐや姫に敬語を使っている。すなわち、天皇のさし向けた軍勢も太刀打ちできなかった月の王よりも、さらにかぐや姫は貴い存在だったことになる。

妙に気になる。まるで、朝廷を嘲笑《あざわら》うかのような設定ではないか。そして、この王の言葉から、第三の謎が浮かび上がってくる。かぐや姫が背負っていた罪とはいったい何だったのだろう。

第一と第二の謎は、「信仰」という視点を組み入れれば、ある程度理解できる。かぐや姫はこの世の人ではない。あちら側の人で、天女なのだから、神であり、あるいは神の妻であった。

そこで、伊勢斎宮《いせさいくう》で神を祀《まつ》った斎王《さいおう》（斎宮《さいくう》）を思い浮かべれば、「なぜ人間と結婚できなかったのか」その理由がおぼろげながらみえてくる。

大物主神が降臨する三輪山

斎王は天皇の身内の女性から選ばれるが、選択基準は処女であることだった。任を解かれたのちも、原則として結婚できなかったのは、伊勢斎王《いせさいおう》が神の妻になるからだろう。

斎王は伊勢内宮に祀られる神（天照大神《あまてらすおおみかみ》）の妻となる。ただし『日本書紀』は、「天照大神は女神」と言っているから、話は矛盾する。しかし、他の拙著の中で述べてきたように、ある時期まで、「伊勢の神は男神」という暗黙の了解、共通の認識があったとしか考えられない。

こんな話がある。伊勢斎王（♀）の元に伊勢の神は夜な夜な通い、朝になると寝床に「ウロコ」が落ちていたというのだ。これは、三輪山《みわやま》（奈良県桜井市）の祭神《さいじん》・大物主神《おおものぬしのかみ》（♂）が倭迹迹日百《やまとととびもも》襲姫命《そひめのみこと》（♀）の前に蛇の姿で現れたという『日本書紀』に記された説話とよく似ている。伊勢の神＝天照大神は男神だろう。太陽神は光を出し続ける「陽（♂）」の性格で、かたや光を受けて輝く月は「陰（♀）」なのだ。だから、男性の太陽神を巫女《みこ》が祀っていたわけだ。巫女は神をおとなしくさせる術を持っていたのだ。太古の神は、幸をもたらすありがたい存在であるとともに荒々しく祟りをもたらす恐ろしい存在だった。それをなだめすかし、幸をもたらす神に変身してもらう。その重責を担っていたのが巫女や斎王で、神の妻となることで、役割を果たす。そして、神のパワーを手に入れた巫女は、それを天皇やミウチの男性に「放射」し、天皇や男性は、こうして神の御利益、御加護を得ることができたのだった。だから、神を祀るのは女性でなければならなかったのだ（拙著『伊勢神宮の暗号』）。

ただし、これ以上、伊勢神宮と天照大神に深入りはしない。伊勢の神が男神で、天皇が遣わす斎王が天照大神を祀っていたこと、かぐや姫が「生身の人間を受け付けなかった」その理由も、「神の妻」と考えれば、解けてくるのである。

ただそうなってくると、「神の妻がなんの罪を背負っていたのか」という謎に行き着くのである。

『竹取物語』最大の謎

『竹取物語』最大の謎は、「かぐや姫の罪」なのである。

もちろん、物語の作者がおもしろおかしく話を展開するために、いくつもの不思議な設定を用意した、と推理することも可能だ。しかし、竹取の翁が斎部氏と関わりが強かったという設定は、『竹取物語』が「ただのお伽話」ではないことを、強烈にアピールしているように思えてならない。

そこでまず、考え直さなければならないのは、『竹取物語』の作者が誰で、何を目的に記したのか、ということである。

誰が『竹取物語』を記したのか、長い間分からずじまいだった。江戸時代、十七世紀後半の古典学者で僧の契沖《けいちゆう》は、仏典の『広大宝楼閣善住秘密陀羅尼経《こうだいほうろうかくぜんじゆうひみつだらにきよう》』の序品《じよぼん》（経典の前書き）がネタ本になったのではないかと考えた。その内容は、以下のようなものだ。

「大昔、三人の仙人が仏法を得た喜びで捨身（身を捨てること）すると、三人の体は大地に溶けこんだ。やがてそこから光り輝く不思議な三本の竹が生え、中から三人の童子が現れ、悟りを開いた。三本の竹は、立派な楼閣になった……」

つまり、「竹から生まれた童子」という設定が似ているというのだが、そのほかに接点となる箇所はまったくなく、説得力に欠ける。

江戸時代後期には、『柰女耆婆経《ないによきばきよう》』が『竹取物語』の原型と疑われもした。説話のあらすじは、以下の通り。

「池から連れ帰った女子を柰女《ないによ》と名付けた。成長すると類い希な美女になり、七人の国王が争って求婚した……」

ここには、「貴人が求婚する」という要素が加わるが、それでもそっくりなわけではない。

その後、いくつもの仮説が掲げられるようになる。たとえば、貴公子に出された難題も、中国の古典からの拝借だったことが分かっている（『西域記』の「仏の御石の鉢」、『列子』の「蓬萊の玉の枝」、『神異記』の「火鼠の皮衣」、『荘子』の「龍の頸の玉」といった具合）。

その一方で、国内の古典にも、『竹取物語』とよく似た話が残っているという指摘が起きてきた。もっとも分かりやすい例は、「天の羽衣伝承」だ。

『丹後国風土記』逸文には、次の話が載る。

天の羽衣伝承の故郷・籠神社（宮津市）

丹後国の丹波（京都府中郡）比治《ひじ》の里を見下ろす比治山の山頂に、湧き水があって、沼になっていた（比治の真名井）。昔、八人の天女がここに舞い降り、沐浴（水浴び）をしていた。たまたま通りかかった老夫婦が、ひとりの天女の天の羽衣を奪《うば》ってしまった。天女は恥じて水から出られず、羽衣がないから天にも帰れない。

子供がいない老夫婦は、留まってほしいと懇願するので、やむなく天女は従った。

十年の月日が流れた。天女は万病に効く不思議な薬をつくって老夫婦の家を豊かにした。ところが、慢心した老夫婦は、天女を追い出してしまった。途方に暮れ嘆き悲しむ天女だったが、竹野の郡船木《ふなき》の里の奈具《なぐ》の村（京都府京丹後市弥栄町船木）にたどり着き、

「ここに来て、ようやく我が心は穏やかになりました」

と告げ、住処に定めたのだという。この天女が、奈具の社に祀られる豊宇賀能売命《とようかのめのみこと》（豊受大神）だった……。

主人公が天女だったこと、老夫婦の家を豊かにしたこと、「天の羽衣」を着ることで、天界にもどっていけることなど、『竹取物語』との間に、いくつもの接点が見出せる。このような話（天人女房説話、白鳥処女説話）は、丹後のみならず、いくつかの地域で語り継がれていたようだ。

ちなみに、ここに登場する「豊宇賀能売命（豊受大神）」は、伊勢外宮で祀られる神でもある。

『竹取物語』は、ゼロからの創作ではなく、何かしらの元となる物語がすでに存在し、それらを重ね合わせて編み出されたのだろう。

『竹取物語』は『斑竹姑娘《はんちくこしょう》』そのもの？

伊藤清司《いとうせいじ》は、中国西南部の四川省の民間伝承の中に、『竹取物語』とそっくりな話が存在することを突きとめている。それが、竹と共に暮らしてきた人々の間に語り継がれてきた民間伝承『斑竹姑娘《はんちくこしょう》』で、竹藪を大切に守る貧しい男が、竹の中から女の子（名が「斑竹姑娘」）を見つけて、育て、幸福になる話だ。しかも、物語の中で、五人の男性が斑竹姑娘に求婚し、難題をふっかけられる。その難題も、たしかによく似ている。『斑竹姑娘』の中で語られる五つの難題は、以下の通り。続けて書かれているのは、対応する「かぐや姫の難題」だ。

「打っても割れぬ金の鐘」　仏の御石の鉢
「打っても砕けぬ玉の樹」　東海の蓬莱山にある（銀を根とし、金の茎、白玉を実にして立っている木）
「火にも燃えぬ火鼠の皮衣」　唐土にある火鼠の皮衣
「燕の巣にある金の卵」　燕の持っている子安貝

「海竜のあごの下の分水」　龍の頸にかかる五色に光る玉

これらのことを踏まえて、伊藤清司は、次のように語っている。

両者の中にそれぞれ挿入された難題求婚譚の驚くばかりのディテールの合致は、この二つの説話が、その伝承する時と所と形態とを異にしているとはいえ、とうてい、別々に成立した物語ではなかった（『かぐや姫の誕生』講談社現代新書）

詳述は避けるが、伊藤清司の指摘するように、『竹取物語』のストーリー展開は、ほぼ『斑竹姑娘』をなぞったとしか考えられない。しかし一方で、まったく同じかといえば、本質的に異なる点がいくつか見出せる。

たとえば『物語をものがたる』（河合隼雄対談集　小学館）の中で中西進《なかにしすすむ》は、『源氏物語』に登場する「浮舟」が自殺未遂をした際、うずくまっているところを発見され、「化け物のようだ。かぐや姫みたいだ」と語られていることを取りあげて、

『斑竹姑娘』のめでたしめでたしという話とは、ぜんぜんちがって、まことに根の深い話です

と述べている。たしかにそのとおりだ。

『斑竹姑娘』という原型を借りたにしても、「めでたしめでたし」で終わる物語を、悲しげな、不思議な物語にすり替えたその意図は、どこにあったのだろう。なぜかぐや姫が化け物にみられるような物語にしたのだろう。

「化け物のようなかぐや姫」という「評価」は、妙にひっかかる。『源氏物語』が書かれた時代、かぐや姫を「化け物」とみなしていたというのは、「かぐや姫は鬼のように祟る」と考えていたということだろう。

平安時代に神と鬼は峻別《しゅんべつ》され、鬼は零落して、蔑まれ、恐れられる存在となるが、かぐや姫が「祟る鬼」の部類に分けられていたのだとすれば、やはり、「『斑竹姑娘』をそのまま日本的にアレンジした」という単純な推理だけで、『竹取物語』を語ることはできないはずなのである。

『竹取物語』の五人の貴公子にモデルがいた

『竹取物語』と『斑竹姑娘』の決定的な差は、『竹取物語』の場合、かぐや姫に関わる人たちがみな、嘆き悲しんで幕を下ろすところだ。ここに、『竹取物語』作者の深い意図が隠されていよう。

『竹取物語』の作者は、何を目的に『斑竹姑娘』を選び、ここにアレンジを加えていったのだろう。ヒントを握っていたのは、五人の貴公子ではなかろうか。江戸後期の国学者・加納諸平《かのうもろひら》の推理が、ここでおおきな意味を持ってくる。

『竹取物語』に登場する五人の貴公子の名は、以下の通り。

(1) 石作の皇子
(2) くらもちの皇子
(3) 右大臣《うだいじん》阿倍御主人《あべのみうし》
(4) 大納言《だいなごん》大伴御行《おおとものみゆき》
(5) 中納言《ちゅうなごん》石上麿足《いそのかみのまろたり》

加納諸平は、これら五人の貴公子について、『公卿補任《くぎょうぶにん》』（歴代公卿、高級官僚の名簿）の文武五年（七〇一）の条に登場する左大臣《さだいじん》多治比嶋《たじひのしま》、右大臣《うだいじん》安倍御主人《あべのみうし》、大納言《だいなごん》大伴御行《おおとものみゆき》、同石上《いそのかみ》（物部《もののべの》）麻呂《まろ》、同藤原不比等をモデルにしていると考えた。

『日本書紀』持統十年（六九六）冬十月二十二日条にも、五人は並んで登場している。右《う》大臣丹比真人《だいじんたじひまひと》（宣化天皇の玄孫《げんそん》・多治比嶋《たじひのしま》）に資人《しじん》（皇族や高級官僚に与えられた従者）百二十人、大納言阿倍朝臣御主人《だいなごんあべのあそんみうし》、大伴宿禰御行《おおとものすくねみゆき》の両人には八十人、石上朝臣麻呂、藤原朝臣不比等の両人には五十人賜った……。

このように、持統朝から文武朝にかけて、この五人が揃って朝廷で活躍していたことが分かる。

ただし、五人のモデルが全員『竹取物語』の五人の貴公子にそっくりそのままあてはまるかというと、疑問点が浮上してくる。安倍御主人と阿倍御主人、大伴御行と大伴御行、石上麻呂と石上麿足の三人は、ほぼ名が一致している。残る二人は、どうだろう。

多治比嶋の場合、同族に「石作氏」がいるので、石作の皇子とかすかな接点が見出せる。問題は、藤原不比等とくらもちの皇子である。

加納諸平は、藤原不比等の母が「車持氏《くるまもち》」の出身であること、「くらもち」は「車持」を暗示している、というのである。『公卿補任』には、藤原不比等について、内大臣鎌足《かまたり》（中臣鎌足《なかとみのかまたり》）の第二子であること、母は車持国子君の娘で、車持夫人と呼ばれていたことを伝えている。ちなみに『公卿補任』はこの話に続けて、車持夫人はもともと中大兄皇子（天智天皇）の寵妃だったこと、斉明五年（六五九）に妊娠していた車持夫人を内大臣鎌足に下賜したと記録する。すなわち、藤原不比等は天智天皇の御落胤だったといっていることになるが、この話を信じるわけにはいかない。それはともかく……。

『竹取物語』と『古語拾遺』

もちろん、多くの文学者、史学者は、加納諸平の考えに首をひねる。最初の三人は重なるが、残りの二人に疑問が残り、同一視するには根拠薄弱で、無理に重ねる必要はない、というのである。

片桐洋一《かたぎりよういち》は『日本古典文学全集　竹取物語　伊勢物語　大和物語　平中物語』（小学館）の中で、三人の貴公子の名がそっくりで、モデルとなったことは認める。しかし、三人が道化者的役割をになったことから、それが貴族や貴族社会に対する批判が込められていたとする見方を批判し、次のように述べている。

石上麻呂《いそのかみのまろ》を含めて、この三人は壬申の乱《じんしんのらん》（六七二）における天武天皇方の忠臣であったが、天武の系譜は四十八代称徳《しょうとく》天皇で途絶《とだ》え、桓武《かんむ》以後の平安時代の天皇はすべて反対側の天智天皇系に属している。また大伴氏が応天門《おうてんもん》の変《へん》（八六六）で失脚したのをはじめ、阿倍《あべ》氏や石上《いそのかみ》氏も、平安時代には権門でなくなっている。だから、それをもって貴族社会に対する批判精神の現われとみ、『竹取物語』の本質をその線でとらえることは安易にすぎよう（前掲書）

なるほど、一理ある。この場合、残りの二人が実在のモデルと重なる必要はないことになる。

『竹取物語』は女性賛美だという意見もある。中河與一《なかがわよいち》は『竹取物語』（角川文庫）の解説で、あまりにも美しい女性に失恋したフェメニストが、その女をあきらめるために、言葉の限りをつくして描いた女性讃美の小説ではないかといふ気さへする

なるほど、小説という視点で眺めれば、中河與一の主張も、首肯できる。

しかし、『竹取物語』の奥底に、政権に対する恨みつらみが隠されていると考えるのは、本当に安易なことで、『竹取物語』は女性讃美の小説に過ぎないのだろうか。

ここでふと思うのは、竹取の翁と斎部《いんべ》氏の強いつながりのことだ。すでに触れたように、竹取の翁は社会の底辺にうごめく人たちだった。そして、竹取の翁は、なぜか斎部(忌部)氏と強く結びついていたのだ。その斎部氏は、神話時代から続く名族で、しかも朝廷の中枢にあって祭祀《さいし》と深く結びついていたのだった。そして、八世紀以降次第に没落し、かつては同じような地位にあった中臣氏に、神祇《じんぎ》祭祀の主導権を奪われていく。それはなぜかといえば、藤原氏が天皇の外戚となり、朝堂を牛耳り、権力を独占する過程で、藤原同族の中臣氏が、神祇を支配することができたからである。

斎部広成《いんべのひろなり》は最晩年、『古語拾遺』の中で、中臣氏の専横を名指しで批判し、「これを言わなければ、恨みを地下に持っていくことになる」と、執念で訴えたのである。

竹取の翁が斎部氏と深くつながり、かぐや姫の名付け親が斎部氏だったという『竹取物語』の設定は、無視できない。『竹取物語』を書いたのが斎部氏だったと推理したいのではない。竹取の翁やかぐや姫と斎部氏を物語の冒頭でつなげることによって、『竹取物語』が『古語拾遺』と同じように、中臣氏や藤原氏を批判するために記されたことを暗示しようとしたのではなかったか。

そして、ここで改めて謎に思うのは、中臣氏や藤原氏を批判するために描かれた『竹取物語』の中で、なぜかぐや姫は罪を負っていると語られているのか、ということである。

そこで次章では、『竹取物語』と藤原氏について、考えていきたい。

第二章

恨まれ嫌われる藤原氏とかぐや姫

偽物と見破られた天竺《てんじく》の仏の御名の鉢

『竹取物語』の説話の中で、五人の貴公子はかぐや姫に求婚し、袖にされている。ただし、一様にコケにされたというわけではない。それぞれの人物ごとに、温度差がある。結論から先にいってしまえば、かぐや姫が一番嫌ったのがくらもちの皇子で、同情を寄せたのが石上麿足《いそのかみのまろたり》だった。ここに『竹取物語』のテーマの秘密が隠されているように思えてならない。

そこで、五人の貴公子がどのような難題をふっかけられ、ふられていったのか、説話の内容を改めて追ってみよう。五人の貴公子が求婚し、それぞれに難題が押しつけられたところまでは、第一章で話した。そして最初にふられるのは、石作の皇子である。

石作の皇子は、仏の御石の鉢を要求されたが、

「天竺（インド）にあるものだから、持ってこられないはずはない」

と思い巡らせた。ただ、先のことをよく考える人で、

「天竺に二つとない鉢ならば、百千万里を行っても手に入るまい」

と考えた。そこでかぐや姫には、

「今日から天竺に石の鉢を取りに行ってまいります」

と知らせて、三年ばかり経ってから大和国十市郡《とおち》（奈良県磯城郡）の山寺に行き、賓頭盧《びんづる》（十六羅漢《じゅうろくらかん》の第一尊者。その像）の前に備えられた鉢の、真っ黒に煤墨《すすずみ》のついたものをとって、錦の袋に入れて、造花の枝につけて、かぐや姫の家に持っていき、見せた。するとかぐや姫は怪しがる。鉢の中に手紙があって、広げてみれば、

海山《うみやま》の道《みち》に心をつくしはてないしのはちの涙ながれき

天竺までの旅の苦労を訴えたわけである。かぐや姫は、鉢の中に光はあるかと覗いてみたが蛍ほどの光もない。そこで次の歌を返した。

置《お》く露《つゆ》の光をだにもやどさまし小倉《をぐら》の山《やま》にて何《なに》もとめけむ

本当に仏の石鉢なら、光り輝いたはずですのに……。あなたが流した涙の露ほどの光があればよろしかったのに。光がなく暗いという名の小倉山（多武峰《とうのみね》近くの倉橋）で、あな

たは何を求めていらっしゃったのでしょう。

石作の皇子の嘘は、かぐや姫にはお見通しだったわけだ。石作の皇子は、鉢を門口《かどぐち》に捨てて、帰って行った。

くらもちの皇子は謀略好き

石作の皇子の次が、くらもちの皇子の説話だ。非常に長い説話だが、大切なところなので、物語の詳細を追ってみよう。

まずのっけから、くらもちの皇子に対して、批判的な様子がみてとれる。

「くらもちの皇子は、心たばかりある人にて」

と、はじまる。「くらもちの皇子は、はかりごとに長じている（策略、謀略好き）」というのだ。すでにこの段階で、よいイメージは湧かない。

朝廷には「筑紫《ちくし》の国に湯あみ（湯治）に参ります」と報告し、かぐや姫の家には使いを出して、「玉の枝をとりに向かいます」と告げさせた。くらもちの皇子の家来たちはみな、難波《なにわ》（大阪）までお送りした。皇子はなるべくゆっくり船を進ませ、そば近くに仕える者だけを引き連れ出航し、見送りの人びとが引き上げると、三日ほど経って、元の津に戻ってきた。かねてより、国内でもっとも腕のたしかな六人の工人（鍛冶工匠《かぢたくみ》）たちを手配しておいたのだ。人が簡単には立ち寄れない場所に家をつくり、工人たちを引き入れ、くらもちの皇子もともにこもり、荘園のすべてと倉の財産すべてをつぎ込み、玉の枝を作りはじめた。

かぐや姫の要求どおりの玉の枝ができあがった。うまく計略を懲《こ》らし（陸路で）、難波の津にこっそり持っていった。そうしておいて、

「船に乗って帰って参りました」

と、自身の御殿に伝えておいて、とても疲れて苦しそうな芝居を打った。迎えの人が大勢参上している中、玉の枝を長櫃《ながびつ》に入れて、覆いをして都へ運んだ。いつ聞いたのかは分からぬが、みな、

「くらもちの皇子は優曇華《うどんげ》（三千年に一度花を咲かせるという天竺の霊花）の花を持ってもどられた」

と噂し合っていた。かぐや姫はこれを聞いて、

「私は皇子に負けてしまうにちがいない」

と、胸がつぶれてしまう思いだった。

そうこうしている間に門がたたかれ、

「くらもちの皇子がいらっしゃった」

と、皇子の従者が告げた。旅の服装のままでいらっしゃったということなので、竹取の翁が面談した。皇子が述べるには、

「命を捨てるほどの苦しみを味わいながら玉の枝を持ち帰りましたと伝え、かぐや姫にこれをお見せ下さい」

と言えば、翁はそれを持ってかぐや姫の元に来た。翁はかぐや姫に、

「あなたが皇子に申しつけた蓬萊《ほうらい》の玉《たま》の枝を、ひとつも傷つけずに持っていらっしゃった。何をもって、反論できましょう。旅の姿で御自身の家に寄りもしないでいらっしゃったのです。早くこの皇子に、お仕え申し上げなさい」

と言う。かぐや姫は、ものも言わず、頬杖をついて、深く嘆かわしげにもの思いにふけっている。

くらもちの皇子は、

「もはや、あれこれおっしゃいますな」

と、ずかずかと縁側に這い上がってきた。翁は、

「おっしゃるとおりです。この国では見たことのない玉の枝ですぞ。今度ばかりは、お断りできますまい。お人柄もよい方です」

などと言っている。かぐや姫は、

「親が言うことを拒み続けるのもお気の毒なことと思い、あのように申しましたのに……」

と、言う。取ってくるのは困難だろうと思って言ったのに、こんなにあっさりことを成就してしまうとはと、いまいましく思っている。翁は、もうすっかりその気になって、寝室の準備を始めている。

くらもちの皇子の嘘話

翁は皇子に、尋ねた。

「どのようなところに、この木は生えていたのでしょう。不思議なほど麗しく、すばらしいものですねえ」

皇子は答えて言った。このあとしばらくは、くらもちの皇子の、ひとり芝居である。

一昨年の二月の十日ごろに、難波から船に乗って大海原に乗りだし、行く方向も分からないほど心細かったのですが、志を遂げなければ生きていても仕方ないと思い、風に吹かれるまま航海を続けました。命がなくなればしょうがないが、生きている間は、航海を続けていれば、蓬萊にたどり着くだろうと思い、海に漂い、日本から離れていきましたところ、嵐に遭い、船は沈みそうになり、知らない土地に吹き寄せられ、鬼のような化け物が現れ、殺されかかりました。あるときは、右も左も分からなくなり、遭難しかかりました。あるときは食料が尽き、草の根を食べました。あるときは、気味の悪い妖怪に食べられそうになりました。あるときは、海の貝で命をつなぎ、旅の空に、助けてくれる人もなく、いろいろの病をして、行く方向を見失い、船の進むままに任せ、海に漂い、五百日目の朝、海の彼方にかすかに山が見えました。そちらに舵《かじ》を切ると、山は大きくなり、高く、麗しい姿を見せました。これこそ、求め続けていた山にちがいないと思い、うれしいのですが、恐ろしくもあり、山の周りを漕ぎ続け、二三日様子をみて航行しますと、天人の格好をした女性が山の中から出てまいりました。銀の鋺《わん》を持ち、水を汲み歩いていま

す。これを見て、船から下りて、

「この山の名を何と言いますか」

と尋ねました。女性は、

「これは、蓬莱《ほうらい》の山です」

と、答えました。これを聞いて、大いに嬉しかったのです。その女性は、そう言うあなたはどなたです、と問うので、

「我が名は、うかんるり（意味不明）」

と言い、山の中に入りました。山を見上げると、登る道もないほど険しく、山の斜面には、見たこともない花が咲いています。金・銀・瑠璃色《るりいろ》の水が山から湧き出ていました。そこには、色鮮やかな玉の橋が渡してあります。そのあたりに、照りかがやく木々が立っていました。持参したこの玉の枝は、その中でも劣っていたものなのですが、持って帰ってきても、おっしゃったのとあわなければもったいないことと思い、これを折って持って参りました。山はすばらしいこと限りなく、この世に喩《たと》えることはできぬほどでしたが、この枝を折ってしまいましたので、どうにも落ちつかず、船に乗って追い風が吹き、四百余日で帰って参りました。大願力《だいがんりき》（阿弥陀如来《あみだにょらい》の加護）のおかげです。難波から、昨日都

に着きました。潮で濡れた衣服を脱がないまま、こちらに参りました……。

これを聞いた翁は、第一章で触れた次の歌を歌った。

くれたけのよよのたけとり野山にもさやはわびしきふしをのみ見し

くらもちの皇子の苦労話を、疑うことなく信じ込んだのだ。これを聞いた皇子は、「長い間つらいと思っていた心は、今日翁の言葉を聞いて、落ちつきました」と述べ、歌を返した。

我が袂《たもと》今日かわければわびしさの千種《ちぐさ》の数《かず》も忘られぬべし

潮と涙に濡れた袖も、ようやく乾き、数々の苦労も忘れられるでしょう、と言うのだ。

卑怯なくらもちの皇子

ところが、ここでどんでん返しが待っていた。

さて、そうこうしているうちに、男ども六人が庭にやってきた。ひとりの男が文挟《ふみばさ》みに手紙を挟んで訴えた。ちなみに、この男、「あやべ」を名乗るが、蘇我氏の懐刀だった「東漢氏《やまとのあや》」の「あや氏」のグループに属する工人（部民）という設定だろう。

「内匠寮《たくみつかさ》の工匠《たくみ》、あやべの内麻呂《うちまろ》が申し上げます。玉の木を作り五穀を断ち、千余日の間力を尽くしましたこと、並大抵のことではなく、ところが、いまだに禄《ろく》（報酬、サラリー）を賜《たまわ》っていません。禄を賜り、弟子たちに配りたいのです」

竹取の翁は、

「さて、この工人たちは皇子に何を申し上げているのだろう」

と、首をかしげていぶかしむ。くらもちの皇子は、あっけにとられ、肝を冷やしている様子。これをかぐや姫は聞いて、

「この奉《たてまつ》る手紙をとれ」

と言い、手紙には、

「皇子の君は千日の間、いやしい（身分の低い）工匠らとともに同じ場所に潜み、立派な玉の枝を作らせ、官位も下さるとおっしゃいました。これをこの頃考えますに、玉の枝を要求されたのはかぐや姫と知り、お邸《やしき》からいただきたく思います」

と、書いてある。工匠たちは、

「下さるべきです」

と訴える。かぐや姫はこれを聞き、日が暮れる中、皇子と契りを結ばねばならないのかと思い悩んでいた心が一気に解放され、晴れ晴れとし笑い、翁を呼んで、次のように告げた。

「本当に蓬萊の木かと思いました。そのようにあさましい虚言であるならば、早いところ玉の枝を返してしまいなさい」

翁は答える。

「たしかに、作らせたものと分かれば、返すのは、たやすいことです」

と、うなずいた。かぐや姫の胸の内は、晴れ晴れとして、先ほどの皇子の歌に、返事をした。

まことかと聞きて見つれば言の葉《ことは》をかざれる玉の枝にぞありける

ホンモノかと思っていましたが、言の葉で飾り立てたニセモノだったのですね……。こう言って、玉の枝も返したのだった。

竹取の翁はくらもちの皇子と非常に親しくなったため、さすがに気まずくなって、眠っているような顔をして座っている。皇子はと言えば、決まりが悪く、立つのも座っているのも恥ずかしい。そして、日が暮れると、こっそり抜け出してしまわれた。

かぐや姫は訴えた工匠《たくみ》を呼び、

「うれしい人びとであることよ」

と言い、褒美《ほうび》を多めに取らせた。工匠らはとても喜び、

「期待したとおりになった」

と言い、帰った。ところが、待ち伏せしていたくらもちの皇子は、工匠たちを血の流れるまで打ちのめし、せっかくもらったご褒美を取りあげ、捨てさせたので、無一文になって逃げ失せてしまった。

くらもちの皇子は、

「一生の恥だ。これよりも恥ずかしいことはないだろう。女を得られなかっただけではなく、天下の人に醜態をさらしてしまった」

そう言って、深山の中に姿を消してしまった。宮司《みやづかさ》（皇子の館の執事）や家来たちは、手分けをして探したが見つからず、亡くなられてしまったのだろうかと疑いもした。皇子は家来たちに姿を見せまいと、何年もの間、隠れていた。このために、「たまさかに」という言葉を使い始めるようになった……。

これが、くらもちの皇子の物語である。

金で問題解決をはかった阿倍御主人《あべのみうし》

くらもちの皇子ともうひとつ重要な説話は、石上麿足《いそのかみのまろたり》なのだが、その前に、「阿倍の右大臣と火鼠《ひねずみ》の皮衣《かわぎぬ》」と、「大伴の大納言と龍の頸の玉」の二つの説話のあらましだけを述べておこう。

右大臣・阿倍御主人《あべのみうし》は富を蓄え広い館に住んでいた。唐土《もろこし》の知人・王《おう》けいに手紙を書き、火鼠の皮衣というものを買ってきて欲しいと頼み、金を渡させた。すると王けいは、返事を書いて寄こした。噂には聞くが、唐土にも火鼠の皮衣はないこと、天竺からやってきた人に聞けば手に入るかもしれないこと、手に入らなければお金は返すと言う。はたして、王けいは火鼠の皮衣を手に入れてもどってきた。ただ、お金は足りなかったので、その分を請求した。お金を払えないのなら、皮衣を返して下さいと言う。阿倍御主人は「届けていただき、感謝しております」と、お金を支払った。

阿倍御主人はこの美しい皮衣をかぐや姫の元に届けた。竹取の翁も感心するほど美しく、

「これでこのまま婿になって館に留まることだろう」

と、決め付ける。だがかぐや姫は、

「たしかに美しいが、ホンモノかどうか分からない」

と、疑う。そこで、本当に焼けないかどうか、試すことにした。阿倍御主人は、

「この皮は唐土にもなかった貴重なもの。なんの疑いもありません。早く焼いて下さい」

と、強気だ。翁も、「私もそう思いますが……」と言いつつも、焼くように迫る。火の

中にくべると、めらめらと燃えてしまった。翁は、

「こうなるのは、ニセモノの皮だな」

と言う。青ざめる阿倍御主人。喜ぶかぐや姫……。


阿倍御主人説話のテーマはなんだろう。阿倍御主人はお金でお宝を買えると信じていたことは間違いない（もちろん物語の設定の上で）。それが良いことか悪いことかは人それぞれの価値観次第だ。ただ『竹取物語』の中で、阿倍御主人は特別ひどく責められているわけではない。

忠義を貫いた大伴御行《おおとものみゆき》

大伴御行の説話もすぐに続く。あらましは、以下の通り。

大伴御行は家の者を集めて、「龍の頸に光る五色の玉」を求められたことを告げた。すると、男どもは、次のように申し上げた。

「おっしゃることは、承りました。しかし、簡単なことではありません。龍の頸にある玉

を、どうやって手に入れることができましょう」

　すると大伴御行は、

「天（君、主君）に仕える者は、おのれの命を捨てても、君の命令を叶えようとするものだ。龍の頸の玉は、日本の海や山に上り下りするものだ。なぜそれを取ることが、困難と思うのだろう」

　と言い放つ。家来たちは、

「命令とあらば、探して参りましょう」

と、言う。大伴御行は、館にあるありったけの食料や布や銭を、家来たちに持たせてやった。そして大伴御行は、

「私は斎戒沐浴《さいかいもくよく》をしている。手に入るまで帰ってくるな」

と、おっしゃる。しかし、家来たちは、大伴御行を謗《そし》り、

「玉が手に入らなければ帰ってくるなと言うのなら」

と、足の向いた方に、てんでんばらばらに進んだ。まったくやる気がない。家に帰ってしまう者も現れた。

　大伴御行は、「かぐや姫を妻に据えるために」

と、立派な建物を建て、豪華に飾った。妻たちは、大伴御行がかぐや姫と結婚するのだろうと思い、別居してしまった。

結局家来たちは、年を越しても、何の連絡もしてこなかった。大伴御行は、舎人《とねり》（下級役人）ふたりを連れて、難波を訪ね、玉を取りに出かけた家来たちの情報を得ようと考えた。しかし、龍の頸の玉を求めて旅立った者はいないという。それを信じることのできない大伴御行は、自ら船に乗り、航海に出た。筑紫《ちくし》（九州）まで赴いたところ、嵐に遭って船が進まない。楫取《かじとり》（船頭）も、

「こんなひどい目に遭ったことがない」

と嘆く。大伴御行は、

「頼りにしている船頭がそのようなことを言ってどうする」

と、青反吐《あおへど》を吐きながら、おっしゃる。すると、

「龍を殺そうと、探しているからです」

と、楫取はなじる。「神に祈ってください」とも言う。そこで大伴御行は、「龍を殺しません」と誓う。しばらくすると、風雨はおさまってきた。

楫取は、

「この吹く風は、龍の仕業かもしれない。良い方向に向かって吹いています」

と言い出すも、大伴御行は、聞く様子もない。

三四日して、順風が吹いて陸地に吹き寄せられた。するとそこは、播磨《はりま》の明石《あかし》の海岸だった。播磨国の国司がお見舞いに来たが、大伴御行は起き上がることができない。手輿《てごし》を用意させ、うめきながら担がれて、家に入った。どこから聞きつけたのか、龍の頸の玉を取りに行かせた家来たちがやってきて、

「龍の頸の玉を取ることができなかったので、帰参しませんでした。しかし、玉を取る苦労が分かってもらえたと思い、こうして帰参しました」

すると大伴御行は、家来たちが龍の頸の玉を取ってこなかったことを褒めた。龍は、空に鳴る雷と同類で、頸の玉を取ろうとすれば、多くの人が死んでいたであろうこと、かぐや姫の「大盗人のヤツ」が人を殺そうと、難題をふっかけたにちがいないと言っている。

「もう、かぐや姫の館には近づくものか。おまえらも、そうするように」

と言い、残っていた財産を、「龍の頸の玉を取らなかった功労者」に分けたのだった。

これを聞いた元の妻は、ハラワタがちぎれるのではないかというほど、笑い転げた……。

くらつまろの策を取り入れた石上磨足《いそのかみのまろたり》

大伴御行は、負け犬の遠吠えをしていたが、のちに触れるように、ここにも『竹取物語』作者の、「暗示」が込められているように思えてならない。

さて、そこで最後に、石上磨足の説話に移ろう。順番は、大伴御行の話が終わって、すぐつながっている。

中納言石上磨足が家来たちに、

「燕《つばめ》が巣を作ったら知らせよ」

と伝えると、

「何にお使いになるのですか」

と申し上げた。

「燕が持っている子安貝《こやすがい》を取るためだ」

と述べると、男たちは、

「燕をたくさん殺しても、腹には子安貝はありません。けれども、子供を産むときは、どうしたわけか、子安貝があるようなのです」また、「少しでも人が見れば、なくなってしまう」とも言う。

ある人は、次のように報告した。

「大炊寮《おおいのつかさ》の飯を炊く建物の束の穴それぞれに、燕は巣を作ります。それに、まめな（忠実な）家来をつれていき、高く足場を整え、そこに登らせて覗いていれば、燕が子供を産んでいるので、とることができるでしょう」

石上麿足は喜び、

「おもしろいことだ。少しも知らなかった。よく教えてくれた」

と言い、提言通り、忠実な男二十人ばかりを集め、高い足場に登らせた。

石上麿足は御殿から、大炊寮に使者を遣わしては、「子安貝は取れたか」と、督促する。しかし、燕の方も、大勢の人間に囲まれて、怖がって巣に上がってこない。その様子を聞いて石上麿足は、「どうしたものか」と、頭を悩ませた。

大炊寮の官人で、「くらつまろ」という名の翁が、

「子安貝を取ろうと思われるのなら、策をさしあげましょう」

と言って参上した。石上麿足は、額を合わせるように、話を聞いた（本来なら、身分の

差から、直接言葉を交わさない)。

くらつまろは、次のように申し上げた。

「この燕の子安貝の取り方は、悪いやり方です。このままでは得ることはできないでしょう。高い足場を組んで二十人も登っていれば、燕は寄りつきません。するべきは、まず足場を取り除き、人もみな退き、忠実な人ひとりを粗籠《あらこ》(粗く編んだ籠)に乗せ、綱を準備して籠に結び、鳥の子が生まれたとき綱をつり上げさせ、子安貝を取らせるのが良いと思います」

これを聞いた石上麿足は、

「とてもよい考えだ」

と言い、足場を取り外し、人びとはみな館に帰ってきた。

石上麿足は「くらつまろ」に語った。

「燕はどういうときに子を産むのか、どうなったら、人をあげればよいのだろう」

くらつまろは答える。

「燕が子を産むときは、尾を挙げて、七度回って産むのです。ですから、七度回ったとき引き上げ、子安貝を取らすのです」

石上麿足は喜び、多くの人には秘密にして、大炊寮に籠《こ》もり、男どもの中に交じって、夜も昼も、チャンスを待った。

ここで石上麿足は非常に喜び、「くらつまろ」を褒めそやす。

「ここで使われている人でもないのに、願いをかなえてくれることのうれしさよ」

と言い、御衣を脱いで与えた（当時の最高の恩賞）。

「あらためて、夜になったら大炊寮に出てくるように」

と申しつけた。

命を落とした石上麿足

日が暮れたので、石上麿足は大炊寮にいらっしゃると、本当に燕は巣を作っていた。くらつまろの言うとおり、燕は尾を立てて回っているので、粗籠に家来を乗せてつり上げさせて、燕の巣に手をさし入れさせて探らせると、「何もありません」と言うので、石上麿足は、

「探り方が悪いからだ」

と腹を立て、

「私以外の誰が、貝に気付くだろう。私が登って探ってみよう」

とおっしゃって、籠に乗って吊られのぼってうかがっていると、燕は尾をささげて、くるくる回るのに合わせて、手をささげて探ると、手に平らなものが触った。

「私は物を握ったぞ。降ろしてくれ。翁よ、やったぞ」

こうのたまい、人びとは集まってきて、早く降ろそうと綱を引くと、力が入りすぎて綱が切れ、石上麿足はやしまの鼎《かなえ》（三本足の器。竈《かま》の神《かみ》八座の象徴《しょうちょう》）の上に真っ逆さまに落ちてしまった。人びとは集まって抱きかかえて介抱するが、石上麿足は白目をむいて倒れていらっしゃる。水をすくい入れると息を吹き返したので、鼎から引きずり下ろした。

「御気分はいかがでございますか」

と問えば、ようやく虫の息で、

「意識はかすかにあるが、腰が動かない。けれども、子安貝を握っているから、うれしく思う。紙燭《しそく》に火を灯して持ってきなさい。この貝の顔を見よう」

頭をもたげ手を広げると、燕の古い糞を握っていた。それを見て、

「おお、貝がない」

とおっしゃった。この時から、期待に違っていることを、「かひなし（甲斐《かい》がない）」と言うのだ。

事実を知った石上麿足は、気分が悪くなり、唐櫃《からびつ》の蓋《ふた》がうまくあわないように、腰は折れたままで、つながらなかった。

石上麿足は子供っぽいことをしてしまって求婚も失敗してしまったことを人に知られまいとしていたが、それが病のもとになって、衰弱してしまった。子安貝を取れなかったことよりも、他人にこの失態を知られてしまうことを気に病み、普通に死ぬよりも恥ずかしいことだと思われた。

この様子を知ったかぐや姫は、お見舞いに贈る歌をつくった。

年を経《へ》て浪《なみ》立ちよらぬ住《すみ》の江《え》のまつかひなしと聞くはまことか

長い間、お立ち寄りにならず、貝がなかったので私も待つ甲斐がないと聞きましたが、ほんとうでしょうか……。

これを読んで聞かせると、弱い心持ちで頭をもたげ、人に紙を持たせて、苦しげに、ようやく次の歌を書き留めた。

かひはかくありけるものをわびはてて死ぬる命《いのち》をすくひやはせぬ

貝はありませんでしたが、あなた様に手紙をいただき、甲斐はこのようにございましたよ。この「匙《かい》」で、苦しんで死んでいく私の命を「すくって」下さらないのですか……。

と書き終えて、石上麿足は亡くなった。

これを聞いたかぐや姫は、少し気の毒に思われた（すこしあはれとおぼしけり）。また、これがために、すこしうれしいことを、「かひあり」と言うようになった……。

これが、石上麿足をめぐる説話である。

登場人物に対する編者の思いの温度差

五人の貴公子の求婚と挫折の物語。これが中国に伝わった伝承とよく似ていたとしても、『竹取物語』作者の「主張」が盛り込まれていた可能性は高い。特に、五人の貴公子には、明確な色分けがなされていると思う。そのなかでもはっきりと差が出ているのは、くらもちの皇子と石上麿足に対するかぐや姫（実際には『竹取物語』作者）の「思いの差」である。

くらもちの皇子は嘘をついてニセモノをかぐや姫に差し出した。作り物があまりに巧妙だったため、竹取の翁はころっと欺され、閨《ねや》の用意までする始末。かぐや姫は、いやでいやでたまらなくなった（物もいはず、頰杖《ほおづえ》をつきて、いみじく嘆《なげ》かしげに思ひたり）。それだけではなく、くらもちの皇子は工人たちに賃金も払わず、工人たちがせっかく手に入れた賃金をぶんどっている。五人の貴公子の中で、くらもちの皇子は「最悪の男」という設定だ。

これに対し、石上麿足の場合、知恵のある男（くらつまろ）を信じ言いなりになり、「持ち上げられ」「真っ逆さまに落ちた」のであり、その様子を知ったかぐや姫は、「少し可哀想だ」と、感想を述べる。かぐや姫の態度は、くらもちの皇子と石上麿足では、まったく異なる。

ちなみに、『竹取物語』は、貴族社会を諷刺《ふうし》し、庶民の喝采を浴びたという単純な物語でもない。その証拠に、すでに見てきたように、石上麿足だけではなく、かぐや姫は「帝」にも「あはれ」と同情している。ここに、『竹取物語』の「言いたかったこと」が隠されているように思えてならない。『竹取物語』は、「藤原氏《ふじわら》糾弾《きゅうだん》の書《しょ》」とみなさざるを得ないのである。

藤原氏といえば、古代史の英雄・中臣（藤原）鎌足の活躍があまりに有名なため、王家を盛り立てた一族というイメージが強い。明治時代に入っても、日本を代表するエスタブリッシュメントとして君臨したから、名門一族、高貴な人びとと捉えられている。

ちなみに、藤原氏の主流派の人びとは「藤原」の名を継いでいない。近衛《このえ》、九条《くじょう》、二《に》条《じょう》、一条《いちじょう》、鷹司《たかつかさ》、西園寺《さいおんじ》などの名なら、ご存知だろう。彼らが、近代日本の「華麗なる閨閥《けいばつ》」を構築した人びとなのである。

それはともかく、中臣鎌足《なかとみのかまたり》は悪逆蘇我入鹿《そがのいるか》を抹殺し、天皇家を中心とした政治体制を確立した人物として知られる。当然、藤原氏は天皇家再興の立役者であり、正義の味方と信じられてきた。

しかし、中臣鎌足の末裔は、図に乗りすぎたきらいがある。

奈良時代から平安時代にかけて、旧勢力は次々と没落し、朝堂は藤原氏でほぼ独占された。王家を支えてきた物部《もののべ》（石上《いそのかみ》）氏、蘇我《そが》（石川《いしかわ》）氏、大伴《おおとも》（伴《とも》）氏、紀《き》氏、阿倍《あべ》（安倍《あべ》）氏らは、ことごとく零落していき、藤原氏だけがおいしい思いをする世の中が誕生した。

他者との共存を拒んだ藤原氏

ヤマト建国は征服戦ではなく、いくつかの地域がヤマトに集まって来てゆるやかな連合体を形作って行くのであり、王（大王、天皇）は、独裁権力を握っていたわけではない。多くの豪族（首長）に支えられ、豪族たちの合議によって、政治は動かされていた。ひとつの氏からひとつの参議官が原則で、その点悪名高い蘇我氏でさえ、豪族たちの寄合政治体制を崩していない。これに対し藤原氏は、なぜか、他者との共存を拒み、自分たちだけが栄えればそれでいいと考える人たちだった。それまでの豪族にはなかった突然変異であった。

では、なぜ藤原氏が独裁権力に固執したのかといえば、彼らが成り上がりだったからだろう。

中臣鎌足は鹿島神宮の神官だった？

『大鏡《おおかがみ》』には、中臣鎌足が鹿島神宮《かしまじんぐう》（茨城県鹿嶋《かしま》市《し》）の神官《しんかん》だったと記《しる》され多くの史学者《しがくしゃ》がこの記事に注目し、中臣鎌足が成り上がりだったと考える。たしかに『日本書紀』は、中臣鎌足の父母の名を挙げていないし、忽然と歴史にすがたを現している。しかものちの藤原氏は、鹿島神宮と隣の香取神宮《かとりじんぐう》（千葉県香取市《かとりし》）で祀られていた祭神を都に勧請《かんじょう》し、重視している。

　しかし、筆者はもっと別の推理を働かせている。他の拙著の中で詳述したように、中臣鎌足は人質として来日していた百済《くだら》王子・豊璋《ほうしょう》（余豊《よほう》）ではないかと考える。二人の活躍の時期は重なり、中臣鎌足のみならず後裔の藤原氏は百済を滅ぼした新羅《しらぎ》を憎み、百済遺民を重用していること、豊璋が百済に帰国している間、中臣鎌足が歴史から姿をくらましていることなど、中臣鎌足と豊璋を結びつける傍証は、たくさんある。

ただ、藤原氏が権力に固執したのは、もう逃げる場所がなかったこと、生き残りのために多くの罪なき人びとを殺《あや》めたため、ひとたび権力を失えば復讐されるという強迫観念が手伝ったのだろうと考える。

さて、その藤原氏の絶頂期、藤原道長《ふじわらのみちなが》は、

この世《よ》をば我《わ》が世《よ》とぞ思ふ望月《もちづき》の　欠《か》けたることもなしと思へば

この世界は私のものだ。欠けない望月（満月）だと、高笑いしている。律令《りつりよう》の原則では本来禁止されているはずの私有地を増やし、他の人びとから、

「錐《きり》を突き立てる隙もないほどの土地を独り占めしている」

と、陰口をたたかれるようにもなった。紀氏も、

藤《ふじ》かかりぬる木《き》は枯《か》れぬものなり今《いま》ぞ、紀《き》の氏《うじ》は失《う》せなむずる

藤（藤原氏）が茂れば（隆盛すれば）紀氏は滅びるだろうと嘆いたという。

くらもちの皇子と藤原不比等《ふひと》がつながらなかった理由

藤原氏だけが美味しい思いをして、皇族も割を食った。平安時代に入ると、多くの皇族が臣籍降下《しんせきこうか》をしていき、その多くは、無法地帯と化した東国に派遣されていく。源氏や平氏の誕生だ（都に残り貴族になっていく源氏や平氏もいたが）。皇族の数が増え、財政難で養っていくことがむずかしくなったのが最大の原因と考えられているが、「藤原氏の都合」という視点を組みこむと、もっと違った見方ができる。

こののち藤原氏は、天皇の外戚の地位を確立することで盤石な体制を敷いていくが、「皇族のキサキ」をひとりでも減らさないと、藤原系の女性から生まれた皇子をつねに即位させることはむずかしくなる。だから、生まれ落ちた「非藤原系の皇族」は、臣籍降下して藤原氏と肩を並べてもらう必要があったのだ。

武士となって各地に散った源氏や平氏は都の貴族たちにこき使われ蔑視されていくのだ

が、次第に力をつけ、藤原政権は平安時代末になって没落する。その遠因は、「誰もが藤原氏を憎んでいたから」にほかならない。

藤原氏に逆らう人、言うことを聞かない人びと、邪魔になった人びとは、次々と抹殺されてしまった。親王《しんのう》（天皇の子）といえども容赦なかった。歴史上最も多くの皇族を殺めているのは、藤原氏である。

そして、藤原氏千年の繁栄の基礎を築いたのが藤原不比等であり、この男はありとあらゆる手段を駆使して、政敵を葬り去っていったのである。

誰もが藤原氏を恨んでいた。だから、『竹取物語』は、藤原氏糾弾の書ではないかと、思えてならない。

他の拙著の中で、くらもちの皇子が藤原不比等と似ていないのは、『竹取物語』の作者が「時の権力者である藤原氏を糾弾する目的があったからだ」と指摘してきた。独裁権力を握った藤原氏をコケにしていたことが露顕すれば、作者の首は飛び、『竹取物語』は焚《ふん》書《しょ》の憂き目に遭っていただろう。

じつは、とっくの昔に、この考えが提出されていたことに、今回気付いた。

三谷栄一《みたにえいいち》は、『竹取物語』が作られたのは、応天門《おうてんもん》の変《へん》によって伴善男《とものよしお》（大伴氏）に代表される古代名門氏族が駆逐され、藤原摂関家による権力の独り占め状態が実現されていった時代だったことに留意する。この藤原氏による摂関政治に対する批判が、『竹取物語』に隠されているのではないかと指摘している。

実在の人物名を用いた阿倍、大伴、石上の三人に比べ、不比等だけが車持皇子（くらもちの皇子。筆者注）と暗示に終わっていることは当時の歴史状況を示している。（中略）そうした権力者に対して直接その祖を滑稽化《こっけいか》し悪辣《あくらつ》に描くことは、当時の社会情勢からいって許されない。そうした背景があって不比等は車持皇子という暗示でもって描かれるのである（『物語文学の世界』有精堂）

卓見《たっけん》といわざるを得ない。『竹取物語』に登場する五人の貴公子の中で、『公卿補任《くぎょうぶにん》』に示された文武朝《もんむちょう》の重臣《じゅうしん》に三人は瓜二《うりふた》つで、もうひとりはかすかなつながりがあった。しかし、「くらもちの皇子（車持皇子）」だけは、明確にはつながらなかったのだ。史学者や文学者は、「無理矢理結びつける必要はない」と指摘したが、「結びつかないことに意味があった」わけである。

『日本書紀』は藤原不比等のために書かれた

『竹取物語』の謎を解き明かすために、まずはっきりとさせておかなければならないのは、藤原氏の歴史を検証することだ。なぜ彼らは、他の有力者をことごとく排除してしまったのだろう。

まず、古代史を知る上でもっとも大切な史料『日本書紀』の性格について、確認しておきたいことがある。

西暦七二〇年に編纂《へんさん》された『日本書紀』は現存する最古の正史《せいし》で、「正史」とは、「正しい歴史書」を意味するのではなく、「朝廷が正式な立場で編んだ歴史書」だったということだ。もちろん、朝廷は歴史の勝者なのだから、正史は「勝てば官軍」の論理で書かれている。

これまで、『日本書紀』編纂にもっとも影響力を持ったのは、天武《てんむ》天皇だったと信じられてきた。理由は簡単なことで、天武天皇が存命中歴史書の編纂を命じていたこと、元正《げんしょう》天皇の治政下で編纂は終えたが、この女帝は天武の孫だった（父は草壁皇子《くさかべのみこ》）。すなわち、天武の王家の中で『日本書紀』編纂作業が進められていたのである。そして、天武天皇（大海人皇子《おおあまのみこ》）は壬申《じんしん》の乱《らん》（六七二）で甥の大友皇子《おおとものみこ》を殺して玉座を獲得したため、『日本書紀』編纂最大の目的は、大海人皇子の甥殺しの正当性を証明するためだったという。だから、天武天皇の記事は上下に分かれていて、前半部で壬申の乱の詳細な記事を掲げている。このような例は、他の天皇にはなかったことなのだ。

乱を制した天武が、政権の正当性と正統性を世に訴えるために、『日本書紀』は編纂された……。これが、かつての常識だった。しかし、ここに大きな事実誤認がある。

中国文学の専門家であった森博達《もりひろみち》は、『日本書紀の謎を解く―述作者は誰か―』（中公新書）の中で、『日本書紀』の言葉と表記を分析し、唐人が正音正格漢文で執筆したα群と、倭人が倭音・和化漢文で述作したβ群に分類し、『日本書紀』編集の最後の段階で持《じ》統紀《とうき》（持統天皇は天武天皇の崩御の直後の「先帝の皇后」の立場を利用して即位していた）が編まれ、しかも持統紀には「倭習」による潤色、加筆が加えられていたことを明らかにした。

さらに、『日本書紀 成立の真実 書き換えの主導者は誰か』（中央公論新社）の中で、『日本書紀』編纂の中心に立っていたのは藤原不比等と断定している。たとえば、『続日本《しょくにほん》紀《ぎ》』文武《もんむ》四年（七〇〇）六月十七日条に、大宝律令《たいほうりつりょう》を撰定させ禄を賜ったという記事が載るが、ここで、刑部親王《おさかべしんのう》（正五位上）をトップに、複数の役人の名が載り、ナンバー二の地位に、藤原不比等（正四位下）が記録されている。これは皇親政治体制《こうしんせいじたいせい》（皇族が政治参加し主導すること）の建て前によるもので、実質的なリーダーは、藤原不比等であろうと、森博達は言う。そして、それからややあって『日本書紀』は編纂されたが、責任者は舎人《とねり》親王《しんのう》だが、やはり実質的に仕切っていたのは、藤原不比等だと指摘している。

最も重要なのは、書紀撰上時（七二〇）の権力者である。元明太上天皇《げんめいだいじょう》と元正天皇《げんしょう》の下、廟堂の第一人者は右大臣藤原不比等であった（前掲書《ぜんけいしょ》）。

森博達の指摘は重要な意味を持っている。これまでの歴史観を根底から覆す破壊力を持っているのだ。

なぜそのようなことがいえるのか、すこし説明が必要だ。

歴史書編纂の直前に政変が起きていた？

古代史の要《かなめ》は、乙巳《いっし》の変《へん》（六四五）の蘇我入鹿暗殺と、壬申《じんしん》の乱《らん》（六七二）の大海人皇子《おおあまのみこ》の勝利（天武《てんむ》天皇の誕生）、そして天武天皇の崩御ののち皇太子の草壁皇子が即位することなく亡くなり、ピンチヒッターとして鸕野讃良皇女《うののさららのひめみこ》が即位して持統《じとう》天皇になったことで、七世紀半ばから後半に集約されている。この『日本書紀』のクライマックス部分に、「歴史改竄《れきしかいざん》」の爪痕が濃厚に残されているのだ。

鍵を握っていたのは、蘇我入鹿、中大兄皇子《なかのおおえのみこ》（天智《てんぢ》天皇）、弟の大海人皇子（天武《てんむ》天皇）、中大兄皇子の懐刀の中臣鎌足《なかとみのかまたり》、天武天皇の皇后だった鸕野讃良皇女（持統天皇）、そして藤原不比等である。

この間くり広げられた壮絶な政争は、『日本書紀』によってまったく異なる物語にすり替えられている。「日本が根底からくつがえっていた」のに、この特別大きな事件を、『日本書紀』は覆い隠している。西暦七二〇年に朝廷が正史を編纂したということは、その直前に、「ひとつの政権が倒れた」ことの証であり、「前政権の非を証明して、新政権の正当性を証明するため」に、正史が編まれたのだ。

実際、旧豪族は、『日本書紀』編纂直前にほぼ衰弱し、『日本書紀』編纂後、「藤原氏のひとり勝ち」状態が出来《しゅったい》したのだ。すなわち、『日本書紀』は藤原不比等の勝利宣言であり、その直前に、壮絶な生き残りを賭けた殺し合いが起きていたはずなのだ。

中国では、王朝交代のあとに歴史書は編纂された。新王朝が前王朝を倒し、世直しをしたのは天命だったことを証明するためだ。そのため『日本書紀』の場合、直前に王家の入れ替えがなかったから、中国の歴史書とは性格を異にすると信じられてきた。かろうじて、「天武天皇が甥殺しをした後ろめたさ」という説明がなされていたのである。しかし日本の場合、実権を握っていたのは「豪族たちの合議組織」であって、この議政官たちの入れ替えがあれば、まさに政権交代が勃発していたことになり、新たな権力者が、旧勢力の「悪逆非道ぶり」を強調する必要があったのだ。そして、すでに述べてきたように、八世紀初頭には、蘇我氏や物部氏ら、旧豪族がみな没落し、藤原氏だけが栄える世が到来したのである。

王家の入れ替えはなかったが、権力者は入れ替わっていた……。ここを見逃すと、古代史の真相が見えてこない。

ただ、矛盾するようだが、実際には王家の入れ替えも、あったのだ。権力者が入れ替わり、ほぼ同時に、王家も入れ替わっている。それは、天智と天武の王家だ。ふたりは兄弟だが、それぞれが異なる勢力の後押しを受け、恨み恨まれ、骨肉の争いは、ついに敵対する王家を形成していった。

天智天皇崩御《ほうぎょ》（天皇の死を崩御という）ののち、天武が即位して、「天武の王家」が生まれた。だが天武が崩御すると、「天智の娘」の持統天皇が玉座を奪った。のちに聖武《しょうむ》天皇は天武の末裔であることを強く意識するも、光仁《こうにん》・桓武《かんむ》天皇の時代、王統は天智の末裔に固定され、今日に至ったのである。

天智と天武の王家は、血はつながっていたが、けっして互いを許すことのない水と油の二つの王家である。

平安時代の王家は天智系だが、天皇の菩提を弔う京都の泉涌寺《せんにゅうじ》（京都市東山区）では、天武系の天皇を無視している。それほど、両者の憎悪は深かったのだ。

だから、天智天皇崩御ののち即位していく天皇が天智と天武のどちらの王家なのかを考えるだけで、古代史の見方が大きく変わってくる。じつは、この王家の秘密を見破るヒントを、森博達《もりひろみち》は提示してくれていたのだ。そしてもちろん、『竹取物語』の意味を知るためにも、このあたりの事情は、ぜひとも承知しておいてほしいのである。

分かりやすくするために結論を先に言ってしまえば、天智系の王家は反蘇我派《はんそが》（親藤原《しんふじわら》派）で、天武系の王家は親蘇我派《しんそが》（反藤原派《はんふじわら》）だった。壬申の乱に際し、大海人皇子《おおあまのみこ》（天武天皇）が裸一貫で東国に逃れ、甥の大友皇子《おおとものみこ》（天智天皇の子）を圧倒できたのは、蘇我系豪族が大海人皇子を支持し、その蘇我系豪族は東国と深くつながっていたからなのだ。だから藤原氏が権力を握った直後から、朝廷は異常とも言えるほど、東国を警戒している。天皇や太上天皇が崩御したり、都で不穏な空気が漂うと、必ず東国に抜ける三つの関を閉めた。これを三関固守《さんげんこしゅ》という。西に向かってこのような処置は執られなかったから、反蘇我派の政権が、どれだけ東国を恐れていたかが分かる。

つまり、王家の骨肉の争いは、蘇我氏と藤原氏の主導権争いと考えれば分かりやすい。蘇我氏や親蘇我派の豪族と皇族がことごとく衰弱し追いやられ、藤原氏が主導権を握った段階で『日本書紀』は編纂されたのである。

そして、ここが大切なところなのだが、『日本書紀』のいう勧善懲悪《かんぜんちょうあく》の世界「大悪人蘇我入鹿を倒して天皇家のために活躍した中臣鎌足」を、簡単に信じてはいけない、ということなのである。

『竹取物語』の謎を解くための古代史

さて、『竹取物語』の謎を解くための古代史、どこから話を始めれば、分かっていただけるだろう。

そこで、順番通りに話していこう。乙巳《いっし》の変《へん》の蘇我入鹿《そがのいるか》暗殺がふりだしなのだ。このクーデターを主導した中臣（藤原）鎌足の息子が藤原不比等であって、藤原不比等は『日本書紀』を編纂するにあたって、父・中臣鎌足の最大の手柄を讃美し、正当化する必要があったのだ。

蘇我入鹿といえば、古代史最大の悪人として知られている。もちろんわれわれは学校の授業で、「蘇我氏が天皇家を蔑《ないがし》ろにした」「中臣鎌足が中大兄皇子と手を組んで蘇我入鹿を誅殺した」「古代最大の英雄は中臣鎌足」と習ってきたから、蘇我入鹿は悪と信じてきたのだ。

なぜ「蘇我入鹿はワルだった」と、レッテルを貼られたのかといえば、「『日本書紀』に書かれていたから」なのだ。しかし、藤原不比等が権力を握った段階で『日本書紀』が編纂され「蘇我氏はワルだった」と言いだしたのならば、それは、「誇張」「虚言」だった可能性を、まず疑うべきだったのではあるまいか。

そもそも、本当に蘇我氏は天皇家を蔑ろにし、改革の邪魔になったのだろうか。

まず、『日本書紀』の主張は、次のようなものだ。

「王家の危機」を察知した中臣鎌足は、優秀な皇族を物色し、中大兄皇子と手を組み、蘇我入鹿暗殺を計画していく。

そして皇極《こうぎょく》四年（六四五）六月十二日、乙巳の変の蘇我入鹿暗殺場面で、中大兄皇子に斬りつけられた蘇我入鹿は、皇極《こうぎょく》天皇（女帝）ににじり寄り、

「皇位に就くべきは天《てん》の御子《みこ》です。私にどのような罪があるのでしょう。お調べ下さい」

と訴えた。すると皇極はたいそう驚かれ、息子の中大兄皇子に、

「なぜこのようなことをするのですか。何があったのですか」

と問いただした。すると中大兄皇子は、次のように答えている。

「鞍作《くらつくり》（蘇我入鹿）は皇族を滅ぼし、皇位を傾けようとしました。王位を蘇我氏に奪われてよいのでしょうか」

これを聞いた皇極天皇は、そのまま殿中に入ってしまわれた。こうして、蘇我入鹿は斬り殺されたのだ。

中大兄皇子の言う「皇族」とは、聖徳太子《しょうとくたいし》の子の山背大兄王《やましろのおおえのみこ》の一族（上宮王家《じょうぐうおうけ》）をさしている。皇極二年（六四三）十一月、蘇我入鹿は邪魔になった山背大兄王を滅ぼそうと、斑鳩《いかるが》に兵を差し向け、上宮王家は滅亡の道を選んだのだった。これが、蘇我入鹿の専横の最たる事件として、『日本書紀』に記録されている。

つまり、蘇我入鹿暗殺最大の原因は、聖者で改革者の聖徳太子の子と一族を滅亡に追い込み、王家を乗っ取ろうとしたからだと、『日本書紀』は主張していることになる。

上宮王家滅亡事件の怪しさ

史学界も、『日本書紀』の描いた勧善懲悪の図式を信じて認めている。「いさぎよい山背大兄王の死」を「聖者としての山背大兄王の生き様」を礼讃《らいさん》し、『日本書紀』の主張を、ほぼ受け入れている。しかし、ここに大きな疑念が浮かび上がってくる。まず、上宮王家滅亡事件の経過が不自然なのだ。

話は、推古《すいこ》三十六年（六二八）三月の、推古天皇崩御の場面まで溯る。病床に田村皇子《たむらのみこ》と山背大兄王のそれぞれを呼び出し、皇位継承について遺言を残すのだが、その内容を巡って一悶着起きている。結局蘇我入鹿の父・蝦夷《えみし》は、諸豪族の合意を得て、田村皇子を推《すい》戴《たい》し、また舒明《じょめい》天皇がここに誕生する。舒明と皇極の間の子が、天智と天武だ。なぜ蘇我蝦夷が田村皇子を推したのか、その理由ははっきりとは分からない。山背大兄王の方は蘇我系皇族で、山背大兄王の一派は、「われわれは蘇我から出ているのだから、皇位につけてほしい」と要求し、田村皇子や宝皇女《たからのひめみこ》が次々と即位していく中、執拗に皇位にこだわり続けていく。だから、山背大兄王を「比類なき聖者」とみなすことはできない。史学者は、この点からして、『日本書紀』のトリックに欺されている。

上宮王家滅亡事件も、不可解だ。斑鳩宮を急襲された山背大兄王は、いったん生駒山《いこまやま》に逃れ、挙兵を促されつつも、「私のために多くの人たちを苦しめたくない」と言い、一族もろとも、自害して果てたのである。

どうにもよく分からないのは、「人びとに迷惑をかけたくない」と言うが、皇位に固執し続けたのは山背大兄王だったこと、普段共に暮らしていたわけではない「親戚全員」をあつめて死を強要していることだ。疑い出せば切りがないが、話に整合性が見出せないのである。

また、『日本書紀』の過剰な演出も、不思議だ。事件の直後、斑鳩寺《いかるがでら》（創建法隆寺《そうけんほうりゅうじ》）の周辺で奇跡的な出来事が起きていたとある。すなわち、空に五色の幡《はた》と蓋《きぬがさ》が舞い、舞楽が奏でられ、神々しい光に満ちた。人びとは驚き、蘇我入鹿に指し示したが、幡は黒い雲となって、蘇我入鹿には見えなかった……。

これは「歴史」ではない。創作であり、過剰な演出だ。なぜ『日本書紀』は、このような作り話を用意してまで、上宮王家滅亡事件を悲劇的に見せようとしたのだろう。むしろこういう記述の中に、「嘘」「胡散臭《うさんくさ》さ」を感じずにはいられないのである。

疑い出せば切りがない。聖徳太子の子・山背大兄王だけではなく、聖徳太子の末裔《まつえい》は、この事件で全滅してしまった。ところが事件の現場となった法隆寺の態度が、怪しい。平安時代に至るまで、上宮王家を祀った気配がない。事件の目撃者だった法隆寺が、なぜ悲劇を語り継ごうとしなかったのだろう。

それだけではない。上宮王家の人たちの墓が、確定されていない。恨みを抱いて亡くなっていったであろう上宮王家の墓が、なぜはっきりと分からないのだろう。これも、理解に苦しむ。

もうひとつ、不思議なことがある。聖徳太子の伝記を集めた『上宮聖徳法王帝説《じょうぐうしょうとくほうおうていせつ》』の中に、次の記事がある。

「近ごろ、聖徳太子と山背大兄王が親子ではなかったと噂する人がいるそうだが、それはよくないことだ」

これはいったい、何を意味しているのだろう。「馬鹿らしい」と否定するのではなく、「そのように言いふらすことは不謹慎だ」と述べていることも、不可解だ。「それはまちがいだ」と断言するのが普通のことだ。そうしなかったということは、ある時代までふたりの親子関係に疑念が持たれていて、「そんなことは暗黙の了解ではないか」と、『上宮聖徳法王帝説』の筆者は示しているように思えてならないのである。

実際、『日本書紀』の記事を読みなおすと、聖徳太子と山背大兄王の親子関係がはっきりと証明されていないことに気付かされるのだ。あたかも親子のように記されるが、明確な系譜が掲げられていたわけではない。

蘇我氏こそ改革派

上宮王家滅亡事件とは、いったい何だったのか。山背大兄王は何者なのか……。なぜ

『日本書紀』は、聖徳太子と山背大兄王の血縁関係を明示できなかったのか。そしてなぜ、のちの人びとは、「二人は親子ではない」と噂したのだろう。なぜ『上宮聖徳法王帝説』は、その噂をきっぱり否定しなかったのだろう。

この謎を解くためには、ある仮説が必要だ。それは、蘇我氏こそ改革派で、中大兄皇子と中臣鎌足は守旧派だったのではないか、というものだ。そして、聖徳太子と山背大兄王は、蘇我氏を大悪人に仕立て上げるための虚像ではなかったか。

近年蘇我氏見直し論が徐々に高まりつつある。もし仮に、改革事業の旗振り役が蘇我氏で、守旧派の中大兄皇子と中臣鎌足が妨害していたとすれば、そして、『日本書紀』編纂時の権力者が中臣鎌足の子の藤原不比等とすれば、『日本書紀』は中臣鎌足の行動を正当化し業績を礼讃するために、蘇我氏の正義を否定してかかる必要があった。しかし、事実をねじ曲げ、正反対にするには、カラクリが必要だ。その仕掛けこそ、聖徳太子と山背大兄王ではなかったか……。

そこで、そのカラクリの仕組みを、暴いておこう。このあたりの事情をはっきりとさせておかないと、『竹取物語』の裏側は見えてこないのだ。

さて、われわれは「蘇我氏は大悪人」と、授業で習ってきた。教師たちはなぜそう信じているのかと言えば、『日本書紀』が「蘇我氏は大悪人」と喧伝《けんでん》し、史学者たちがこれをそのまま信じ込んできたからだ。しかしようやく、「ひょっとすると蘇我氏は、『日本書紀』が言うほど悪くはなかったのではないか」とする気運が出てきたように思う。

たとえば、六世紀に朝廷は中央集権国家の枠組みづくりをはじめるが、その推進役が蘇我氏だった可能性が出て来た。天皇家の直轄領・屯倉《みやけ》を増やすことで、王家の相対的な力を高めようとする動きで、この政策を先頭に立って推進していたのが蘇我氏だった。

蘇我氏は大王《おおきみ》（天皇）に女人を送り込み、生まれ落ちた子を即位させ、外戚になることで確固たる基盤を築いた。だから、蘇我氏が王家を潰す理由はなかったとも考えられるようになった。

蘇我入鹿は改革の邪魔になったのか？

大化改新《たいかのかいしん》（六四六）そのものにも、疑念の目が向けられるようになった。『日本書紀』は蘇我入鹿暗殺、蘇我本宗家《そがほんそうけ》（本家）滅亡の直後に、律令制度の整備は飛躍的に進んだと解説する。これはどういうことかというと、「律令整備にとって最大の邪魔者は、蘇我氏

改革のための都・難波宮跡

だった」ことを強く印象づけるための情報操作と思われる。「蘇我氏がいなくなったので、こんなに改革は進んだ」と、表現していたわけである。

けれども、この改革事業を文面通りに信じるわけにはいかないという考えが、一般的になった。改革の内容が、のちの時代のものを無理矢理記録している可能性が高くなったからだ。そうなると、「蘇我氏が邪魔になった」という話を批判もなく受け入れることはできなくなる。

しかしその一方で、考古学の進展によって、一気に改革は成し遂げられなかったかもしれないが、「最初の一歩」は、たしかに踏み出されていたとも、考えられるようになった。乙巳の変ののち即位した孝徳天皇は、すぐさま拠点を難波に遷し、難波宮《なにわのみや》（難波長柄豊碕宮《なにわのながらのとよさきのみや》）造営に取りかかったが、この宮こそ、のちに造られる藤原京《ふじわらきょう》や平城京《へいじょうきょう》といった永久都城の原型になるようなしっかりとした作りだったことが分かっていること、出土した木簡から、新制度が徐々に浸透していったことが分かってきたのだ。律令体制への歩みは、たしかに大化改新の時代から始まっていたわけだ。

ならばやはり、蘇我氏が改革の邪魔になったのだろうか。

問題は、乙巳の変ののち皇極《こうぎょく》天皇が弟に譲位して孝徳天皇が即位したが、この人物が親蘇我系だった可能性が高いことだ。そして、難波遷都《なにわせんと》は、そもそも蘇我入鹿らの立案だった可能性も高い。

大化《たいか》元年（六四五）冬十二月、孝徳天皇は難波遷都を敢行するが、老人たちは次のように語り合ったと『日本書紀』は言う。すなわち、

「春から夏に至るまで、ネズミが難波に向かっていたのは、遷都の前兆だったのだ……」

この発言の意味は重大だ。というのも、この年の春から夏というのは、蘇我入鹿存命中の話だからだ。「ネズミの移動」は、「蘇我入鹿が遷都を計画していた」ことを暗示し、ひいては、孝徳天皇が蘇我氏の遺志を継承していたことを意味している。だからこそ『日本書紀』は、「ネズミが移動した」というお伽話にすり替えたにちがいない。孝徳天皇が蘇

呂《ろ》を罠にはめて滅亡に追い込んでいるのが、主な活躍だった。挙げ句の果てに、孝徳天皇の晩年には、「飛鳥遷都《あすかせんと》」を具申し、拒否されると、孝徳天皇ひとりを残して、家族や豪族、役人を率いて、飛鳥に移ってしまう。せっかく律令整備のために築いた難波長柄豊碕《なにわのながらのとよさきの》宮《みや》を、中大兄皇子は捨ててしまったのだ。

蘇我入鹿を裏切ったと『日本書紀』が記す蘇我倉山田石川麻呂も重用されているが、「蘇我倉山田石川麻呂が中大兄皇子らと手を組んで蘇我入鹿を殺《あや》めた」という『日本書紀』の記事そのものが、胡散臭い。

時間はやや遡る。蘇我入鹿暗殺計画を作案中の中大兄皇子と中臣鎌足は、ひとりでも味方が増えた方がと、蘇我入鹿の従兄弟の蘇我倉山田石川麻呂に狙いを定める。娘を中臣鎌足が娶《めと》り、その上で入鹿暗殺を持ちかけようというのだ。狙いどおりにことは運び、三韓《さんかん》調進《ちょうしん》（高句麗《こうくり》、百済《くだら》、新羅《しらぎ》が参内《さんだい》して調物《みつぎもの》を届ける）の日、蘇我入鹿暗殺は決行される。

暗殺当日蘇我倉山田石川麻呂に授けられた役目は上表文を読みあげることで、蘇我入鹿を安心させるためだった。結局蘇我倉山田石川麻呂は緊張のあまり声を震わせ、逆に入鹿に怪しまれるという失態をおかしてしまうのだが、この話、そうやすやすと信じるわけにはいかない。

そもそも暗殺現場で、蘇我入鹿を油断させるというただそれだけのために、「蘇我氏に暗殺計画が露顕するリスク」を冒すだろうか。あまりにも現実味のない話だ。なぜこのような話を用意したのかといえば、「孝徳政権に蘇我入鹿を裏切った者がいた」という設定にしなければ、孝徳政権の「親蘇我政権ぶり」を覆い隠すことができなかったからだろう。

しかし、どう考えても、孝徳政権は親蘇我派であり、「蘇我氏が滅んだから改革事業は一気に進んだ」という『日本書紀』の記事は、信じることができない。

天智（中大兄皇子）は民から嫌われていた？

中大兄皇子は孝徳天皇崩御ののち、母親を皇位につける。皇極天皇が重祚《ちょうそ》して斉明《さいめい》天皇になった。『日本書紀』に従えば、中大兄皇子は孝徳朝の皇太子だったのだから、ここで中大兄皇子が即位すれば良かったのに、回避したのは、親蘇我派の皇族や豪族たちを牽制するためだろう。どういうことかというと、「親蘇我派の女帝」は人質であろうし、「斉明天皇の命令」で政策を進めれば、親蘇我派の抵抗を抑えることも可能だったろう。

ヤマト建国来この時代に至るまで、大王（天皇）に権力はない。実権を握っていないが、大王の命令は絶対だった。矛盾するようだが、大王を支える豪族たちによる合議体の意志を、大王が世に示した。この、あいまいなシステムの弱点を、中大兄皇子は悪用したのだろう。要は、誰が大王を担ぐか、である。

斉明朝で行なわれたのは、常軌を逸した土木工事だ。「造ったそばから壊れるだろう」「狂心《たぶれごころ》の渠《みぞ》」と民から罵られもした。また、百済が滅亡し、復活にむけて遠征軍を派遣し、大敗北を喫してしまった。これが、天智二年（六六三）の白村江《はくすきのえ》の戦《たたか》いだ。このときも厭戦気分がひろがっていて、負けるに決まっていると罵られたのだ。

敗戦処理に奔走する中大兄皇子は、ようやくの思いで天智六年（六六七）三月、都を近江に移す（大津市）。この時、額田王《ぬかたのおおきみ》は、ヤマトから離れるつらさを歌に託した。ヤマトを代表する霊山《れいざん》・三輪山《みわやま》に対する惜別の念をうたいあげたのだ（『万葉集』巻一―一八）。天下の百姓は遷都を歓迎しなかった。遠回しに批判する者もいた。童謡《わざうた》も流行り、日夜火災が頻発した。これは放火であり、遷都に抵抗した人たちもいたことが分かる。失態続きで民心は離れていったのである。

中大兄皇子が即位できたのは翌年のことで、崩御が天智十年（六七一）のことだから、

「古代最大の英雄・天智天皇の治政」は、実際には極めて短かったし、改革らしい改革を手がけたわけではない。

改革事業が一気に押し進められたのは、天智天皇崩御、天武即位の直後からなのだ。天武は親蘇我派で、改革派だったのだ。このことが、古代史を考える上で重要な鍵を握っているので、すこし説明しておこう。

天武を後押ししていたのは蘇我氏

天智天皇は即位後弟の大海人皇子（のちの天武天皇）を皇太子に指名した。しかしなぜか二人の仲は険悪で、とある宴席で大海人皇子が槍を床に突き刺し、天智は激怒して殺そうとした。中臣鎌足が仲を取り持ち事なきを得たという（『藤氏家伝《とうしかでん》』）。

天智天皇は最晩年、病床に大海人皇子を呼び出し譲位すると言いだした。大海人皇子は直前に、かねてより昵懇《じっこん》の間柄にあった蘇我安麻呂《そがのやすまろ》から「用心されますように」と忠告されていた、そこで申し出を断り、出家する。吉野に逃れた大海人皇子は、天智天皇崩御ののち東国に逃れ、大友皇子《おおとものみこ》（天智天皇の子）と雌雄を決するために争った。これが古代最大の争乱・壬申の乱《じんしんのらん》（六七二）である。

天智天皇は、一度は弟の大海人皇子を皇太子に据えたものの、次第に息子の即位を願うようになったわけだ。

中臣鎌足は、天智よりも早く死んでいるが、最晩年、大海人皇子を邪険にしていた気配がある。

『懐風藻《かいふうそう》』の大友皇子にまつわる記事の中で、中臣鎌足は大友皇子の即位を邪魔する大悪人がいると発言している。そして、大友皇子の即位は間違いないだろうとも言っている。もちろん、大友皇子即位の邪魔になっているのは大海人皇子なのだろう。

それにしても、なぜ天智天皇と中臣鎌足は、大海人皇子を排除しようとしたのだろう。もともと皇太子に据えたのは、天智天皇だったはずではないか。

じつはここに、古代史を解く上でもっとも重要な鍵が隠されていたのだ。もつれた骨肉の争いである。

謎の絵解きをしていこう。壬申の乱勃発にいたるいきさつの中に、大きなヒントが隠されている。

大海人皇子が吉野に隠棲した様子を観て、近江朝の人びとは、「虎に翼を着けて放ったようなものだ」と臍《ほぞ》をかんだと『日本書紀』は記録するが、この一言から察しても、天智天皇は本気で大海人皇子に王位を譲ろうと考えていたのではなく、大海人皇子が首を縦に振れば、言いがかりをつけて殺すつもりだったのだろう。だから、蘇我安麻呂は「何やら怪しい雰囲気だ」と耳打ちしたのだろうし、警告したのが「蘇我氏」だったところに、深い意味が隠されている。

天智天皇崩御ののち、大海人皇子は裸一貫で東国に逃れた。常識で考えれば勝ち目はなかったはずなのに、なぜか雪崩のような勝利を収める。理由ははっきりとしている。近江朝の大友皇子の身辺を固めていた蘇我系豪族が、大友皇子を裏切ったのだ。しかも、蘇我氏と強い絆で結ばれていた東国の軍団と尾張氏《おわりし》が一丸となって、大海人皇子を後押しした。戦勝後大海人皇子は都を蘇我氏の地盤・飛鳥に移し、即位している（天武天皇）。そして、改革事業を一気呵成に成し遂げようと猪突したのだった。

この蘇我氏に支えられた大海人皇子の「立場」を、「蘇我氏こそ改革派」という視点から見つめ直すと、この時代の真実が見えてくるはずだ。

親蘇我派と反蘇我派に分かれた王家の主導権争い

なぜ天智天皇は親蘇我派の大海人皇子と敵対していたのに皇太子に据えたのかといえば、天智が即位した前後の社会情勢を『日本書紀』の記事から読み解くだけで、その理由がはっきりとする。

まず、すでに触れたように、白村江《はくすきのえ》の戦《たたか》いに突き進む直前から、多くの民は中大兄皇子の無謀な行動に嫌気がさしていた。さらに、敗戦後、近江遷都に際しても、不満はたまり続けていたのだ。天智八年（六六九）十月に中臣鎌足が死ぬと、十二月には近江宮の大蔵が焼けた。高安城《たかやすのき》（奈良県生駒郡平群町《いこまぐんへぐりちょう》）が修理され田税《たちから》が納められた。また、高安城の東側の斑鳩寺（法隆寺）で火災が起きる。天智九年（六七〇）正月、誣告《ぶこく》と妖言《ようげん》を禁止した。二月、盗賊と浮浪人を取り締まった。また、高安城の防備を固め、兵糧を蓄えた。夏四月の夜明けごろ、法隆寺で火災が起きて、一屋も残らず燃え尽きた。五月、童謡が流行った。天智十年（六七一）春正月、大友皇子が太政大臣に就任すると、蘇我赤兄《そがのあかえ》が左大臣に、中臣金《なかとみのかね》が右大臣、蘇我果安《そがのはたやす》と巨勢人《こせのひと》、紀大人《きのうし》が御史大夫《ぎょしたいふ》に任命された。中臣金をのぞけばみな蘇我系豪族だ。このあと、一時の平安が訪れるも、九月に天智天皇が発病し、十月に大海人皇子が吉野に逃れている……。

大切なのは、時間経過だ。近江遷都のころから、民衆の反発が強まり、中臣鎌足の死後ヤマトの盆地を見下ろす山城・高安城に兵糧が二度蓄えられ、その都度、法隆寺が燃えている。そして、近江宮の大蔵が焼け、童謡が流行り、民衆の不満がくすぶりはじめた。ところが、天智天皇が「組閣」をし、「蘇我系豪族を大勢抜擢しました」と、姿勢を示したとたん、不穏な空気は消えたのだ。

図式は、単純だったのだ。天智天皇（中大兄皇子）は反蘇我派、大海人皇子は親蘇我派であり、民衆は親蘇我派の大海人皇子を支持していたのだろう。だから失政を重ねてきた中大兄皇子が即位するためには、「皇太子に大海人皇子を指名する」という妥協策を出さねばならなかったのだろう。それにもかかわらず、即位した天智天皇は、中臣鎌足と好き勝手なことをはじめたから、大海人皇子は次第に反発的になり、民衆も次第に不穏なうごきを見せ始めたにちがいない。そして、民衆や親蘇我派豪族の動きを制しきれないとみた天智天皇は、蘇我赤兄らを重用し、妥協したのだろう。しかし、天智天皇崩御ののち、親蘇我派豪族は近江朝を裏切り、大海人皇子を強力にバックアップしたのだ。

蘇我氏や親蘇我派の豪族、そして大海人皇子は改革派だ。かたや中大兄皇子（天智天皇）や中臣鎌足は、「反蘇我派」であり、改革よりも自己の利益のみを追求していたとみなせば、多くの謎が解けてくるのである。

祟りと聖徳太子と鬼の話

『日本書紀』は蘇我氏の真の姿を、闇に葬ってしまったようだ。しかし、隠しきれない真実もある。蘇我入鹿は祟って出たようなのだ。祟りは、祟られる側にやましい心がある証拠である。

斉明《さいめい》元年（六五五）夏五月、大空に竜に乗った者がいた。姿格好は唐人に似ていて、青い油笠を着て、葛城山から生駒山に飛び、隠れた。昼頃、住吉の松嶺から西に向かって去って行った。古来、笠をかぶった者は「鬼」とみなされた。斉明七年（六六一）五月、斉明天皇は百済救援のために朝倉橘広庭宮《あさくらのたちばなのひろにわのみや》（福岡県朝倉市《あさくらし》）に移動していた。その時、宮を造るために朝倉社の樹を伐ったため、神（雷神）が怒り宮殿を壊した。また、宮中に鬼火《おにび》（人魂か）が出没した。このため、近侍する者が病で死んでいった。同年七月、斉明天皇も崩御された。この時、朝倉山の上に鬼がいて、大笠をかぶり葬儀の様子を見守っていた。人びとはみな怪しんだ……。

ここに登場する異形の者たちは、何者なのだろう。『扶桑略記』にもほぼ同じ記事が載り、そこには「豊浦大臣《とゆらのおおおみ》の霊魂」だったと記されている。これは、蘇我蝦夷か入鹿のことで、状況から察して、蘇我入鹿がふさわしい。『日本書紀』は明記しないが、「蘇我入鹿は祟って出た」と、誰もが信じていたのだろう。もちろん、すでに触れたように、祟りは祟られる勝者側にやましい心がなければ成立しない。とすれば、蘇我入鹿は罪なくして殺されたがゆえに、恨んで出たということになる。蘇我氏が『日本書紀』の言うような大悪人なら、滅亡は自業自得であり、だれも「祟られる」とは思わなかっただろう。歴史上祟りを恐れられた人物は、早良親王《さわらしんのう》（崇道天皇《すどうてんのう》）、菅原道真《すがわらのみちざね》ら、政敵に追いやられ、非業の死をとげた者ばかりだ。蘇我入鹿だけが例外だったとは思えない。

そうなってくると、『日本書紀』はどのようにして、「蘇我入鹿が大悪人だった」という印象操作をすることができたのだろう。そのカラクリが知りたくなってくる。

そこで注目されるのが、聖徳太子である。

『日本書紀』は聖徳太子を必要以上に礼讃した。生まれ落ちたときから、普通の人と違っていたというし、人間離れした才能を発揮したという。その一方で、なぜか聖徳太子は、鬼として恐れられ、丁重に祀られた。

聖徳太子建立寺院の法隆寺には、なぜか童子《どうじ》像が多い。梅原猛《うめはらたけし》はこれを幼くして命を落とした上宮王家の面々に対する鎮魂と指摘しているが、これはまちがいだ。「童子」は鬼そのものと信じられていたのだ。

鬼退治のお伽話の中でオトナが束になってかかっても敵わない恐ろしい鬼を懲らしめるのが童子や「小さ子」なのは、童子は鬼そのもので、鬼に匹敵する力を持っていると信じられていたからだ。また、鬼は神でもあり、かぐや姫が「小さ子」だったこと、だからこそ神聖な存在だったことは、すでに触れてある。

たとえば、「ガゴジ」「ガンゴジ」という言葉があって、これは「鬼」を意味するが、奈良市の元興寺《がんごうじ》が訛《なま》った言葉だ。なぜ「ガゴジ（元興寺）」が鬼になったのかといえば、不思議な説話が残されている。昔元興寺に鬼が出没したので尾張からやってきた童子が退治した。そこで、この童子を「ガゴジ」と呼ぶようになったというのだ。鬼そのものが「ガゴジ」ではなく、鬼を退治した童子が「ガゴジ」と呼ばれ、のちに、「ガゴジといえば鬼の代名詞」になったのだ。ここに鬼の不思議がある。そして、童子が鬼なのだから、法隆寺は鬼で満ちあふれていたことがはっきりとする。

蘇我入鹿を悪人に仕立て上げるためのカラクリ

法隆寺東院伽藍《とういんがらん》の聖徳太子《しょうとくたいし》等身像《とうしんぞう》とされる救世観音《ぐぜかんのん》は、平安時代から明治時代に至るまで秘仏にされてきたが、布にぐるぐる巻きにされ、厨子《ずし》に閉じ込められ、その姿はまるでミイラだった。後頭部に直接光背《こうはい》が打ち込まれていることから、梅原猛は「聖徳太子は祟って出た」「法隆寺は聖徳太子鎮魂の寺」と推理したのだった。史学界の大御所たちは無視したが、笑殺することはできない。

奈良時代、権力を握った藤原氏だったが、一族のピンチは何度も訪れた。そのたびに、なぜか彼らは法隆寺を丁重に祀ったのだ。梅原猛は、上宮王家滅亡事件の実行犯は蘇我入鹿にしても、裏から操っていたのは中臣鎌足だったと推理し、聖徳太子の怨霊を最も懼《おそ》れたのは藤原氏だったと指摘した。

けれども、聖徳太子を恐れたのは藤原氏だけではなかった。天皇家も聖徳太子を祀る寺で、不思議なことをしている。

京都太秦《うずまさ》の広隆寺《こうりゅうじ》といえば、聖徳太子に寵愛《ちょうあい》された秦河勝《はたのかわかつ》が建立した寺である。その本尊は聖徳太子《しょうとくたいし》三十三歳像《さんじゅうさんさいぞう》だから、太子信仰の寺と分かる。ところが、この本尊は、普

聖徳太子を祀る広隆寺

通ではない。歴代天皇が即位で用いた服を広隆寺に下賜《かし》し、この本尊に着せてきたのだ。この伝統は長く守られ、今の本尊が着ている服は、今上天皇のものだ。あたかも、聖徳太子も一緒に即位してもらうかのようなこの風習、妙に気になる。天皇家も、聖徳太子を恐れていたことは、間違いない。

ならばなぜ、藤原氏と天皇家は、聖徳太子の祟りに怯えたのだろう。ここで、すでに述べた仮説にもどっていくのである。

『日本書紀』は、藤原不比等の強い意志が反映されていた。したがって、父・中臣鎌足を礼讃する必要があった。けれども、中臣鎌足が改革潰しをしていたのであれば、『日本書紀』の中でカラクリを用意し、事実をねじ曲げなければ、中臣鎌足を古代史最大の英雄に礼讃することはできない。そこで藤原不比等は、聖徳太子という蘇我系の皇族を用意し、蘇我本宗家の改革に向けた業績をすべてかぶせ、しかも、「比類のない聖者」に仕立て上げた上で、蘇我入鹿に「聖者の末裔・上宮王家」を滅亡に追い込ませた……。聖徳太子が必要以上に礼讃されたのは、蘇我入鹿の「悪人ぶり」を際立たせるためと察しがつく。すなわち、偉大な聖徳太子と大悪人蘇我入鹿は、反比例するようにできていたのだ。そして、本来実在しない聖徳太子と山背大兄王だから、上宮王家滅亡事件で、一族もろとも蒸発するように消えてもらわなければならなかった。法隆寺が上宮王家を祀らず、一族の墓を造らなかったのは、むしろ当然のことだったのだ。

そして、乙巳の変で蘇我本宗家を滅ぼして、ようやく改革事業は進み、天皇による中央集権国家は完成したと記録することによって、蘇我本宗家の手柄を中大兄皇子（天皇家）と中臣鎌足（藤原氏）で山分けすることができたわけだ。そして、蘇我入鹿（聖徳太子）の祟りを恐れた天皇家と藤原氏は、法隆寺や広隆寺で、蘇我入鹿を聖徳太子と称えて丁重に祀ったわけである。

物部麿足は土地を手放した物部氏の悲劇を活写していた?

『日本書紀』の仕組んだ歴史改竄のからくりが見えてくると、かぐや姫がどういう立場にいたのかが、おぼろげながら見えてくる。

まず決定的なのは、くらもちの皇子を辛辣に嫌っていたことだ。もっとも卑怯な男と見下している。くらもちの皇子は藤原不比等をモデルにしたのだろうから、かぐや姫は「蘇我の敵」を憎んでいたことが分かる。

その一方で、かぐや姫は石上麿足に同情している。石上麿足のモデルは石上(物部)麻呂で、蘇我馬子と仏教導入をめぐって争った物部守屋《もののべのもりや》の同族で、「蘇我氏の敵」だ。とすれば、ここに矛盾が生まれる。しかし、蘇我氏と物部氏の本当の関係はまったくちがう。他の拙著の中で述べてきたように、当初は主導権争いに明け暮れていた物部氏と蘇我氏だが、中央集権国家建設のために、物部氏は蘇我氏と手を組み、献身的に働いたのだった。

なにしろ、律令制度は土地と民の私有を認めない一種の社会主義体制だから、日本各地に広大な領地と支配民を抱えていた物部氏は、一度裸にならなければならなかった。日本最大の豪族・物部氏が率先して国家に「私財」を投げ出すことによって、他の豪族も靡《なび》き、ようやくの思いで律令制度が完成したというのが、本当のところなのだ。

ちなみに、蘇我氏全盛期、舒明《じょめい》天皇から皇極天皇、孝徳天皇と、非蘇我系の皇族が次々と即位していったが、彼らは「物部氏の血を引き物部氏が推挙した大王」なのではないかと、筆者は睨んでいる。すなわち、全国の土地と民を差し出す代わりに、物部系の王を立てるという、蘇我氏が提示した妥協案だったと推理する（拙著『百済観音と物部氏の秘密』角川学芸出版）。

律令制度がほぼ整うのは、大宝律令（七〇一）の完成で、その九年後に平城京遷都が敢行される。この時石上麻呂が左大臣（朝堂のトップ。現代風に言えば総理大臣）に立っていたのは、物部氏が律令整備最大の功労者だったからだろう。けれども、この時すでに、よきパートナーだった蘇我氏は没落し、藤原不比等が右大臣（ナンバー2）の立場で、虎視《こし》眈々《たんたん》とトップの座を狙っていた。そして、平城京遷都に際し、石上麻呂は留守役に任ぜられ、旧都藤原京とともに、捨てられたのだ。左大臣が、新しい都に移れなかったという屈辱を味わった。藤原不比等の陰謀だろうし、この話、『竹取物語』の石上麿足によく似ているのは、偶然なのだろうか。智恵者の教えを信じ、高く吊るされた石上麿足は、真っ逆さまに落ちてきて、大怪我を負い、亡くなってしまう。

これは、律令整備のためにすべてを投げ出し、その見返りに左大臣にまで登りつめたが、藤原不比等の権力への野望の前に、すべてを失った物部氏の悲劇を描いているとしか考えられない。だからこそ、かぐや姫も、石上麿足に同情したのだろう。やはり、『竹取物語』最大のテーマは、藤原氏糾弾にほかなるまい。

ならば、かぐや姫が「帝」にも同情したのは、なぜだろう。

ここに、もうひとつの『竹取物語』の真意が込められているのだが、その謎解きに関しては、少しずつ話していこうと思う。

第三章

かぐや姫と中将姫《ちゅうじょうひめ》

藤原氏に睨まれるとどうなるのか

『竹取物語』は、藤原氏全盛期に記された藤原氏糾弾の書なのだ。

邪魔者は消し去るのみという藤原氏が頂点に君臨している中、藤原不比等の名をそのまま物語に組みこむことはできなかった。権力者の歴史書『日本書紀』の記述を、隠号と皮肉を込めて、コケにしたのが、『竹取物語』だった。

公には藤原氏をののしることのできない人たちが、かぐや姫の物語を読んで、溜飲《りゅういん》を下げたにちがいない。藤原不比等をモデルにしたくらもちの皇子がかぐや姫と結ばれそうになって、はらはらドキドキしつつも、工人たちが「賃金を払ってください」とかぐや姫のもとに訪ねてきた場面で、喝采を送ったにちがいないのである。

これまで、多くの史学者たちは『日本書紀』の記述を鵜呑《うの》みにして、「古代史の英雄は中大兄皇子と中臣鎌足」と信じてきたが、『竹取物語』は「くらもちの皇子」というカラクリを用意して、『日本書紀』のデタラメをただそうと踏ん張っていたのだ。

奈良時代から平安時代にかけて、最盛期の藤原氏は嫌われ者だった。「自家だけが栄えればそれでよい」と考える権力者を、誰が尊敬するだろう。

そこで、藤原氏に睨まれたらどうなるのか、その例をひとつ掲げておこう。『竹取物語』の中に登場する大伴御行《おおとものみゆき》は、筑紫（北部九州）に赴いて、かぐや姫から求められた「龍の頸《くび》に光る五色の玉」を探しに行く。大伴御行は、「天（君、主君）に仕える者は、おのれの命を捨てても、君の命令を叶えようとするものだ」

と決意を語り、

「龍の頸の玉は、日本の海や山に上り下りする。なぜそれを取ることが、困難と思うのだろう」

と述べ、かぐや姫を「天（君）」になぞらえている。もともと大伴氏は「大王（天皇）のためには命を惜しむな」と、唱え続けてきた一族だ。

大伴氏は、神武東征《じんむとうせい》以来続く武門の家（ますらおの家）で、天皇家とのつながりは、深く長い。

この、王家の安寧を願い続けた大伴氏は、藤原氏の魔の手で滅ぼされていく。多くの古代豪族たちが次々に倒れていくなか、最後まで生き続け、藤原氏と戦い続けたのが、大伴氏だったのだ。

のちに再び触れるが、天平《てんぴょう》元年（七二九）に長屋王《ながやおお》の変《へん》という、古代史の大転換点となる事件が起きていた。罪のない長屋王を藤原不比等の四人の子（武智麻呂《むちまろ》、房前《ふささき》、宇合《うまかい》、麻《ま》呂《ろ》）が陰謀にはめて抹殺したのだが、この時、長屋王の唯一頼りにしていた大物政治家は、大伴家持《おおとものやかもち》の父・大伴旅人《たびと》だった。どうやら藤原氏は、長屋王を孤立させるために、大伴旅人を九州に追いやってしまったようなのだ。

大伴氏と藤原氏の死闘は、長屋王の変の前後から激しくなっていったのだ。

酒浸りだった大伴旅人

順を追って経過を見つめ直そう。

神亀《じんき》元年（七二四）二月、藤原氏は初めて外戚《がいせき》の地位を手に入れた。藤原不比等の娘・宮子《みやこ》の一粒種が即位したのだ。これが聖武《しょうむ》天皇である。この時長屋王は正二位左大臣、大伴旅人、藤原武智麻呂、藤原房前は正三位になっていた。朝堂のトップに君臨していたのは長屋王で、これを大伴旅人が支え、藤原氏は長屋王を邪魔にしていたわけだ。そして神亀四年（七二七）の閏《うるう》九月、光明子《こうみょうし》が基王《もといのみこ》を生むと、十一月には、基王を皇太子に冊立《さくりつ》した。前例のない早さで、「藤原の子」が皇太子に立てられてしまったのだ。大伴旅人が大宰帥《だざいのそち》として九州に追いやられたのは、この年だ。

ところが藤原氏に悪夢が襲う。翌年、基親王が誕生日を待たずに亡くなってしまったのだ。そして有力な皇位継承候補の一人だった長屋王は、いよいよ邪魔になった。

この間九州の大伴旅人は、指をくわえてみているほかはなかった。大宰府時代の大伴旅人は、小野老《おののおゆ》、山上憶良《やまのうえのおくら》とともに「筑紫歌壇《つくしかだん》」を形成する。いかにも雅なイメージだが、大伴旅人は、酒浸りだった。歌を何首か掲げておこう。

賢《さか》しみと物いふよりは酒飲みて酔泣《よひなき》するしまさりたるらし（三四一）

（大意）賢そうに物を言うよりは、酒を飲んで酔い、泣いた方が、勝っている……。

言はむ為便《すべ》せむ為便《すべ》知らず極《きはま》りて貴きものは酒にしあるらし（三四二）

（大意）言いようもないほど、極まり、貴いものは、酒らしい……。

なかなかに人とあらずは酒壺《さかつぼ》に成りにてしかも酒に染《し》みなむ（三四三）

（大意）中途半端に人間でいるよりも、いっそのこと酒壺になってしまいたい。酒に浸りたい……。

あな醜《みにく》賢《さか》しらをすと酒飲まぬ人をよく見れば猿にかも似る（三四四）

（大意）ああ、醜いことだ。賢人ぶって酒飲まぬ人は、よく見れば、猿に似ているよ……。

大伴旅人が酒に溺れ地団駄を踏んでいる間に、長屋王は一家滅亡に追い込まれたのだった。天平《てんぴょう》元年（七二九）のことだ。

ちなみに、三四四の歌の中で、「サルに似ている（猿にかも似る）」という言葉が出てくるが、馬鹿にした相手は、長屋王の変の首謀者・藤原武智麻呂をさしているのではないかとする説がある（五味智英《ごみともふさ》『万葉集大成　第十巻　作家研究篇下』平凡社）。武智麻呂はどちらかというと学究肌で、実際の乱の黒幕は謀略家の血を引き、当時主導権を握りつつあった房前であろう。

孤立無援となった大伴旅人は、このあと都の藤原房前に命乞いをし、許されて都にもどされていった。無様なことだが、気の毒としか言いようがない。責める気にはなれない。そして、『竹取物語』の中で大伴御行が筑紫に出向いたという設定も、大伴旅人と重なって見えるのだが、これは偶然なのだろうか。

安積親王《あさかしんのう》の死を嘆いた大伴家持

大伴旅人の子の家持も、藤原氏の圧力に苦しめられた。大伴氏受難の日々はつづいたのだ。とはいっても、反藤原派も盛り返していた時期があった。長屋王を追い落とし、わが世の春を謳歌していた藤原四兄弟だったが、天平九年（七三七）に天然痘の病魔に襲われ、一気に全滅し、反藤原派が復活していたのだ。その旗振り役が橘諸兄《たちばなのもろえ》だった。ただし、藤原武智麻呂の子・藤原仲麻呂が反撃の狼煙《のろし》を上げ、反藤原派との間に、暗闘がくり広げられていたのだ。

このふたつの勢力が拮抗していたちょうどその時、大伴家持は聖武天皇の御子で非藤原系の安積親王と親交を深めていた。この関係を藤原氏は面白く思っていなかった。理由ははっきりしている。

聖武天皇にはもうひとり娘がいた。それが阿倍内親王《あべないしんのう》で、こののち即位して孝謙《こうけん》天皇（重祚して称徳天皇）となる。孝謙天皇の母は、藤原不比等の娘の光明子で、こちらは藤原系だから、時の権力者・藤原仲麻呂（恵美押勝）は、藤原系皇女の即位を「既定路線」とみなしていた。だから、大伴家持と安積親王のふたりは、邪魔だったのである。

対する大伴家持は、形勢逆転のためにも、安積親王の即位を願っていたのだろう。

ところが天平十六年（七四四）正月、安積親王は急死してしまう。『続日本紀』は明言しないが、どうやら藤原仲麻呂に密殺されたようだ（通説もほぼ認めている）。大伴家持の落胆は大きく、『万葉集』巻三―四七五の歌は、悲痛だ。

懸《か》けまくも　あやにかしこし　言《い》はまくも　ゆゆしきかも　わご王《おほきみ》　皇子《みこ》の命《みこと》　万代《よろづよ》に
食《め》したまはまし　大日本《おほやまと》　久邇《くに》の京《みやこ》は　うちなびく　春さりぬれば　山辺《やまへ》には　花咲きを
をり　河瀬には　年魚子《あゆこ》さ走《ばし》り　いや日異《ひけ》に　栄ゆる時に　逆言《およづれ》の　狂言《たはこと》とかも　白栲《しろたへ》に
舎人装《とねりよそ》ひて　和豆香山《わづかやま》　御輿《みこし》立たして　ひさかたの　天《あめ》知らしぬれ　こいまろび　ひづち
泣けども　せむすべも無し

（大意）言葉にするのも恐れ多く、憚《はばか》ることだが、わが大君安積皇子《おおきみあさかみこ》が、いつまでも治められるはずだった大日本の恭仁京《くにきょう》は、春になれば、山辺に花は咲き乱れ、川瀬には小鮎が泳ぎ回る。日を追って栄えるときに、人を惑わすでまかせか、舎人《とねり》は喪服を着込み、和束《わづか》山《やま》に輿に乗って出かけられ、天にのぼってしまわれたので、地面に這いつくばって泣き濡れるのだが、なすすべもないことだ

さらに四八〇の歌も、心に残るものだ。

大伴《おほとも》の名《な》に負《お》ふ靫負《ゆきお》ひて万代《よろづよ》に憑《たの》みし心何処《いづく》か寄せむ

（大意）大伴の名誉ある靫を腰に着け、いつまでもお仕えしようと頼みにしていたこの気持は、どこに寄せたらよいのだろう

結局、聖武天皇が譲位したあと阿倍内親王が即位し（孝謙天皇）、藤原不比等の孫の藤原仲麻呂と藤原不比等の娘の光明子が実権を握っていくという、藤原系一色という異常な事態が出来した（孝謙天皇も藤原不比等の孫）。政権のトップに立っていたのは、反藤原派の橘諸兄だったが、もはや昔日の面影はなかった。

こうした中、反藤原派の要人は、次々と追いやられていった。天平十七年（七四五）に玄昉《げんぼう》は九州に左遷させられ、翌年には大伴家持が越中国守に任命された。

名門氏族大伴氏の誇りと屈辱

大伴家持が『万葉集』編纂の中心に立っていたとする説が有力視されている。時期的にも、動機に関しても、まさにうってつけの人物だ。

『万葉集』も、『竹取物語』同様、藤原氏糾弾の書と思われる（拙著『なぜ「万葉集」は古代史の真相を封印したのか』じっぴコンパクト新書）。

藤原四兄弟（武智麻呂、房前、宇合、麻呂）の病没後、藤原仲麻呂がふたたび独裁権力を握ろうとする時代に、大伴家持は活躍した。藤原仲麻呂は後に恵美押勝の名を天皇からもらい受け、天皇を傀儡にして、暴走する。一家だけが美味しい思いをする独裁体制を敷き、「その他の藤原氏」も辟易するほどの悪政だった。

橘奈良麻呂《たちばなのならまろ》の変《へん》（七五七）で藤原仲麻呂が決定的な勝利を手にする直前、大伴家持は藤原仲麻呂と一触即発状態にあった同族に対し、自重を求めている。

『万葉集』巻二十―四四六五の歌に、「族《やから》に諭す歌一首」があり、その中で、大伴氏は神代から天孫に仕えてきたことを強調している。

君の御代御代　隠さはぬ　赤き心を　皇辺《すめらべ》に　極《きは》め尽して　仕へ来《く》る　祖《おや》の職《つかさ》と　言立《ことだ》て
て　授け給へる　子孫《うみのこ》の　いや継ぎ継ぎに　見る人の　語りつぎてて　聞く人の　鏡《かがみ》にせ
むを　あたらしき　清きその名そ　おぼろかに　心思ひて　虚言《むなこと》も　祖《おや》の名断《た》つな　大伴
の　氏《うぢ》と名《な》に負《お》へる　大夫《ますらを》の伴《とも》

（大意）われら大伴は、君の御代御代、曇りのない心を大君のもとに捧げ、仕えてきた職だと、授けられた、清らかな名である。子孫の絶えることなく、見る人が語りつぎ、聞く人の鏡（手本）となる誉れある清いその名である。ぼんやりと軽々しく考え、先祖の名を絶やしてはならない。大伴の氏の名を持つますらおたちよ

　ここで指摘しておきたいことは、二点ある。

まず、この歌によって、藤原仲麻呂のやり方に暴走しそうな同族に大伴家持が危機感を抱き、自重するように求めていたが、結局藤原仲麻呂の謀略の前に、反藤原派は壊滅的な

打撃を受けたこと、したがって、貴族たちの藤原氏に対する怨みは、深く強かったことだ。だから、生き残った大伴家持が藤原政権に対する怨みを込めて『万葉集』を編纂する可能性は、高かったのである。

『万葉集』は、ただの歌集ではない。『日本書紀』や『続日本紀』によって抹殺された真実の歴史を歌によって明らかにしようとした、政治的な文書なのだ。

そして第二に、大伴氏が「最後まで藤原氏に抵抗した氏族」だったこと、『竹取物語』に登場する大伴御行も、「誠実な人柄」として描かれていることは、けっして偶然ではないということだ。

また、『竹取物語』の大伴御行の説話中「君主に対する忠誠」を重視する言葉が登場していたが、大伴氏は実際に、天皇のために生きていたのである。

『万葉集』巻十八—四〇九八には、大伴家持の次の歌がある。

高御座《たかみくら》　天《あま》の日嗣《ひつぎ》と　天《あめ》の下　知らしめしける　皇祖《すめろき》の　神の命《みこと》の　畏《かしこ》くも　始め給ひて
貴くも　定め給へる　み吉野《よしの》の　この大宮に　あり通《がよ》ひ　見《め》し給ふらし　物部《もののふ》の　八十伴《やそとも》
の男も　己《おの》が負《ふ》へる　己が名負《なお》ひて　大君の　任《まけ》のまにまに　この川の　絶ゆることなく

此の山の　弥《いや》つぎつぎに　かくしこそ　仕へ奉《まつ》らめ　いや遠永《とほなが》に

（大意）天つ神の支配する地として天下をお治めになった代々の天皇が、造営され、定め置かれた吉野の宮殿に、絶えることなく通われ、御覧になるらしい官人たちも、それぞれが負った名誉を守り、天皇の仰せに従い、絶えることのないこの川のように、長く続く山のように、お仕えするであろう

最古の歴史を継承する名門氏族の誇りと敗北感……。これが、大伴氏の悲劇なのである。

ところで、橘奈良麻呂の変によって、反藤原派は一網打尽に捕らえられた。首謀者たちには蔑称があたえられた。「多夫礼《たぶれ》（常軌を逸した者）」「麻度比《まどい》（迷っている者）」「乃呂志《のろし》（愚鈍の者）」である。さらに、拷問によって殺されたものも多く、死刑、流刑の処分が下された者、計四四三名に上ったから、藤原仲麻呂にたてつく者は、ほぼ抹殺され、潰滅したのである。

皇族の品定めをしていた中臣鎌足

それにしても、なぜ藤原氏は、「藤原氏だけが栄える世の中」の構築を目指したのだろう。藤原氏は、合議と共存を尊重するヤマトの豪族の中で突然変異的存在なのだ。すでに述べたように、ここまで極端な権力欲は、蘇我氏にもなかった。蘇我氏が躍起になって構築を急いだ律令制度も、隋や唐では皇帝を中心にした独裁体制を支えるための法制度だったが、日本に持ち込まれて改良され、天皇に実権は渡されず、「太政官《だいじようかん》の合議」が尊重された。天皇は太政官から奏上された案件を追認する存在にすぎない。つまり、蘇我氏ら旧豪族は、ヤマト建国時から継承されてきたゆるやかな連合体（ヤマト）の統治システムを明文法にして、合議体制を存続させようとしたのだ。しかし藤原氏は、朝堂を藤原氏だけで固めようとした……。すでに触れたように、平安時代に入ると、王家も藤原氏に支配され、皇族たちは次々と臣籍降下していったのである。

たとえば、藤原氏は、天皇家をも「権力を維持するための道具」としかみていない。

そもそも藤原不比等が編纂に強く関わりを持った『日本書紀』は、ちょっとした場面で、王家をコケにしている。

もっとも分かりやすいのは、中臣鎌足が乙巳の変を成し遂げるまでの説話だ。

蘇我入鹿の専横を王家の危機と感じた中臣鎌足は（ここまでは、王家のためにという大義名分が掲げられている）、ともに蘇我入鹿暗殺を実行できる皇族を「物色」する。最初は軽《かるの》皇子《みこ》（のちの孝徳天皇）に接触し、寵愛を受けるが、それよりも、中大兄皇子に近づきたいと思っていた。飛鳥寺の槻《つき》の木の下で行なわれた打毬《うちまり》の会で、中大兄皇子の脱げた靴を拾い上げ言葉を交わして中臣鎌足は、願いを叶え、二人は密議を重ねていく。そして、暗殺現場で、中臣鎌足は弓矢を持ち、中大兄皇子たちの援護役を買って出た。中大兄皇子は自ら剣を抜き、蘇我入鹿に斬りかかったのである。

不可解な記事ではないか。

まず、これまでの通説どおり、『日本書紀』が天皇家の正当性や正統性を主張するために記されたのなら、中臣鎌足の行動は、不自然きわまりない。中臣鎌足が「皇族の品定め」をして、中大兄皇子を選んだという記事は、全く立場が逆なのだ。この時点で中大兄皇子は皇位継承候補になり得る高貴な存在だった。かたや中臣鎌足は、官位も役職もない素浪人であり、「どこの馬の骨とも知れぬ小役人（中臣鎌足）」が、将来即位する軽皇子を袖にして中大兄皇子を選んだという設定そのものが、あり得ない。百歩譲って、もし仮に、この話が事実としても、『日本書紀』編者が天皇家のために記事を書いたなら、「中大兄皇子が能力のある役人を捜し求め、中臣鎌足に行き着いた」と、ストーリーを書き替えただろう。『日本書紀』の書き方では、王家にとって屈辱的な内容になってしまっているのである。

藤原の箍《たが》がはずれた王は暴走した

それだけではない。中大兄皇子と中臣鎌足では、身分の上で、天と地の差があった。のちに藤原氏が強大になったから、中臣鎌足が中大兄皇子を「できるヤツだから選んだ」と『日本書紀』が書いても、違和感がなかったのだ（よくよく考えれば不自然だが）。

蘇我入鹿暗殺現場の記事も、冷静に考えると奇怪である。

中大兄皇子が危険を顧みず、直接蘇我入鹿に斬りかかっているのに、なぜ中臣鎌足は弓矢を持って、安全な場所で「傍観」していたのだろう。これも、身分の差を考えると、信じがたい事態ではないか。中大兄皇子は手を汚し、中臣鎌足は高みの見物をきめ込んでいる。

『日本書紀』は天智天皇に敬意を払っていない。白村江の戦の直前の民衆の罵倒の声、近江遷都に対する不満、人びとの不穏な動きを、なぜ『日本書紀』は記録したのだろう。『日本書紀』が天皇家の強い意志によって編まれたのなら、このようなことは起きようはずもなかった。『日本書紀』編纂の中心に立っていた藤原不比等は、「父・中臣鎌足にうまく利用された浅はかな中大兄皇子」と、嘲笑《あざわら》っていたとしか思えない。天皇家自身も、この藤原氏の不遜な態度を感じとっていたはずなのだ。

平安時代になると、藤原氏が外戚の地位をほぼ独占するが、ごく稀に、非藤原系（藤原腹ではない）皇族が即位すると、藤原氏と対立し、独裁権力を握り返そうと暴走することがあった。さらに藤原北家（房前の末裔）が摂関政治を行い（摂政と関白が天皇を補弼《ほひつ》する）独裁権力を握ると、「摂関家以外の藤原氏の女人から生まれた天皇」も、摂関家と対峙し、手がつけられなくなっていく。これが院政であり、武士の台頭を招くのだが、要するに、王家も骨の髄までしゃぶってくる藤原氏に対し、潜在的な嫌悪感を抱き続けていたのではないかと思えてならない。邪魔になった皇族、藤原に楯突いた皇族は、次々と抹殺されてきたのだから、これは当然のことなのだ。

「藤原の箍《たが》がはずれた天皇は必ず暴走する」のであって、『竹取物語』の中でかぐや姫が帝の入内《じゅだい》要請を断りつつも、最後には、「あはれ」に思ったという話は、このような「藤原氏に利用され続けた天皇」に対する同情の念が隠されていたのではなかったか。

中将姫の物語

くどいようだが、『竹取物語』は藤原氏糾弾の文書だ。誰もが、藤原氏を心の底から憎んでいたのだ。

けれどもそうなってくると、次の謎に行き着いてしまう。それは、『竹取物語』とそっくりな「中将姫伝説《ちゅうじょうひめでんせつ》」が、藤原氏の女人の悲劇を歌い上げていたからである。

これはいったいどうしたことだろう。

そこで、中将姫伝説について、考えてみたいのである。

中将姫は当麻寺《たいまでら》(奈良県葛城市《かつらぎし》)に祀られる曼荼羅《まんだら》(国宝・綴織当麻曼荼羅図《つづれおりたいままんだらず》)を蓮の糸で織り上げた女人だ。天平《てんぴょう》十九年(七四七)に生まれ、宝亀《ほうき》六年(七七五)に亡くなったとされている。実在の人物ではないと考えられているが、モデルが存在した可能性も捨て

中将姫伝承が語り継がれる当麻寺

きれない。少なくとも父親は実在した。藤原豊成《とよなり》である。

『帝王編年記《ていおうへんねんき》』（編者、成立年代不詳）の天平神護元年（七六五）十一月二十七日条に、右大臣従一位藤原朝臣豊成が六十二歳で薨去したこと、大臣の娘が中将姫で当麻曼荼羅が織られたときの願主だったと記される。ただし、中将姫の名が正史に載っていないことから、実在云々の、議論は行き詰まる。藤原麻呂が当麻《たぎま》氏の女性を娶《めと》って生まれた藤原百能《ふじわらのももの》なら、『続日本紀』に登場していて、豊成に嫁いだとある。藤原百能が中将姫の生母ではないか、とする説、百能自身が中将姫のモデルだったのではないかとする説もある。ちなみに、光明子は百能の叔母にあたる。

『当麻曼荼羅縁起』には、おおよそ次のような説話が残される。

当麻寺のおこりは、用明《ようめい》天皇の第三子・麻呂子《まろこ》親王（聖徳太子の異母弟）が建立した寺だ。そののち夢想のお告げがあって、役行者《えんのぎょうじゃ》が旧跡を占めて、この地に移し祀った。それよりこのかた、淳仁《じゅんにん》天皇の時代に、「よこはきのおとど（藤原豊成）という人のむすめ（中将姫）」がいた。深窓の令嬢（窓のうちにやしなはれて）で、こよなく親に愛された。しかし、春の花に心を染めず、秋の月に思いを寄せず、ただ深く仏の道をたずね、法の悟りを求めた。『称讃浄土経《しょうさんじょうどきょう》』（『阿弥陀経』）千巻を書写して玉の軸と美しい紐をつけ、このお寺に納めた。

そののち、天平宝字七年（七六三）六月十五日、姫は発心《ほっしん》して剃髪出家《ていはつしゅっけ》した。

「わたしは生身《しょうじん》の如来（本物の阿弥陀如来）に値遇《ちぐう》（会う）しなければ、この寺から出ません」

と、重ねて誓い、七日を限って一心に祈った。同月二十日、いずこからともなく一人の比丘尼《びくに》（尼僧）がやってきて、

「祈念の志にほだされて、こうして私はやってきました。阿弥陀如来（九品《くほん》の教主）を拝

みたいのなら、その姿を描いて見せなさい。すみやかに、馬に百駄《ひやくだ》（一駄は約一三五キログラム）蓮の茎を集めなさい」

願主の尼（中将姫）はこの話を天皇に奏上した。そこで朝廷は忍海連《おしぬみのむらじ》に命じて、近江国の課役として蓮の茎を集めさせた。化尼《けに》（仏や菩薩が女性の姿になって現れる。蓮の茎を集めるように教えた尼僧）がふたたびやってきて、蓮の茎を折って糸を出した。それを糸枠に巻き込み、百枠、千枠の糸を紡《つむ》いだ。

井戸を掘ると水は滾々《こんこん》と湧き出た。その中に蓮の糸を浸すと、不思議なことに、五色に染め上がった。これは人の力ではなく、神通の方便だと、観る人は奇特に思い、願主の姫は、喜び涙した。

その昔、天智天皇の時代には、井戸を掘ったこの場所に、夜な夜な光る巨石があると噂がたった。勅使が遣わされ調べてみると、その石が仏像の形をしていた。その石を彫り、弥勒菩薩《みろくぼさつ》に観音《かんのん》、勢至菩薩《せいしぼさつ》の脇侍《わきじ》を副えた三尊にして納めた。その後、糸を染めた井戸の故事から、染寺《そめでら》と名付けられた。役行者がこの寺に一本の桜を植えた。みな、「霊木《れいぼく》」と呼んでいたが、枯れてしまった。ところが、新芽が出て、世代を超えて人びとに親しまれた。

庶民に語って聞かせるために発展した中将姫伝説

さて、同月二十三日の夕刻、ひとりの化女が尼僧の前に現れた。その姿の雅なことは天女のようだ。「蓮の糸は整ったか」と尋ねるので、尼僧は五色に染まった糸を差し出した。二升の油に藁二把《わらにわ》を浸《ひた》して灯にした。堂の乾《いぬい》（北西）の隅に機《はた》を据え、戌《いぬ》の刻《こく》（午後八時ごろ）から寅《とら》の刻《こく》（午前四時ごろ）まで、足を踏んで織り上げた。機から降ろし、尼僧と尼姫君の前に広げた。みごとな曼荼羅で、長さは一丈五尺（約四・五メートル）で、節のない竹を軸にして壁に掛けた。ふたりはひれ伏して合掌した。すると、あたり一面に光明が輝き、五色の雲が来迎した。例の女人は、この雲に乗って昇天していった。

尼僧は尼姫君に、この曼荼羅が浄土の姿だと教える。これを聴いた尼姫君は、生身の阿弥陀如来と出会い、極楽の荘厳に接したと感じた。化尼は四句偈《しくげ》をつくって語った。本願尼は感涙にむせび、その由来を尋ねると化尼は、

「われこそは西方極楽の教主（阿弥陀仏）であるぞ。織女（曼荼羅を織った化尼）は、私の左脇の弟子観音である」

と言って、西方に向かって忽然と姿を消してしまった。姫の追慕の思いは強かった。

光仁天皇の時代、宝亀六年（七七五）三月十四日、尼姫君は、願い通りに往生した。青天高く晴れ、紫雲たなびき、神妙な楽の音が聞こえてくる。まるで迦陵頻伽《かりようびんが》（極楽の霊鳥）のさえずりのようだ。すると、聖衆《しようしゆう》（諸菩薩。人が亡くなるとき、現れ、極楽に招く）は西からやってきて東に向かう。摂取不捨《しようじゆふしや》（阿弥陀如来の光明が、念仏の衆生をすくい上げること）の誓いはあやまたず、薫香《くんこう》ただよい、このような不思議なことは、末世のこの世における珍事で、かつてない大善根《だいぜんこん》であった……。

これが、『当麻曼荼羅縁起』のあらましだ。

当麻寺は歴史の古い寺院だが、浄土信仰の広まりとともに、庶民に親しまれる場所になっていく。中将姫伝説にも次第に「庶民に分かりやすい設定」が付け足されていくのだ。

五来重《ごらいしげる》は、中将姫伝説を発展させ広めたのは、「この語り物をもって歩く宗教者」だといい、次のように述べる。

しかもそれは単なる芸能者ではなくて、迎講《むかえこう》をすすめて中将姫の供養に結縁《けちえん》させ、法名や阿弥号をあたえる念仏聖《ねんぶつひじり》でなければならない（『寺社縁起からお伽話へ』角川書店）

そのとおりだろう。知識や教養のない庶民に、語って見せて納得させるために、中将姫伝説は、大いに利用されたのだろう。

江戸時代の「中将姫一代記」

中将姫伝説は、江戸時代に入っても語り継がれていった。たとえば十九世紀初頭に成立した「中将姫一代記」は、本来の曼荼羅縁起に、中世にさかんに語られた継子《ままこ》の受難、救済の物語が加えられている。このような中将姫を巡る説話が成立したのは、「永仁《えいにん》より一段古い」という指摘がある（五来重。前掲書）。「永仁」は、十三世紀末のことだ。遅くとも、鎌倉中期ごろには成立していたと思われる。

そこで、「中将姫一代記」のあらすじを、ここで紹介しておきたい。物語は従一位右大臣横佩《よこはぎ》の朝臣藤原豊成の紹介から始まる。

時代は、第四十五代聖武天皇のことだ。大織冠《たいしょくかん》鎌足（中臣鎌足）の孫で、正一位武智

当麻寺境内の中将姫像

麻呂公の嫡子に藤原豊成がいて、弟が藤原仲麻呂（恵美押勝）だ。豊成は聖武天皇、孝謙天皇、称徳天皇の三代の天子に仕え（孝謙と称徳の間に淳仁天皇が在位していたが、この間豊成は失脚し、追いやられていた）、文武の道に明らかで、重ねて糸竹の業にも通じ、主君に忠誠を尽くし、民を慈しんだ。悪者を懲らしめ排除し、人びとの尊敬はひとかたならず、幼児が母を慕うようであった。

ここから物語がはじまる。

あるとき帝（聖武天皇）が謎の病にかかり、毉《い》術《じゅつ》を施したが治らなかった。占ってみると、先帝が追討した者たちの悪霊が怨みを残し、悪鬼《あっき》となって祟っていた。早く鎮めないと命に関わるというので、家臣たちは加持祈禱《かじきとう》に励んだ。

そんなある日、異形の怪物が現れたが、藤原豊成が退治した。すると帝の病は快癒し、豊成の武勇と忠義を褒め称えた。そこで、豊成がかねてから思いを寄せていた女官で、帝の寵愛の篤かった紫《むらさき》の前《まえ》を賜った。紫の前は品《しな》沢親王《ざわしんのう》の息女で、風姿優美《ふうしゆうび》、容色妍麗《ようしょくけんれい》の類《たぐ》い希《まれ》な美女だった。この女性が、中将姫の母となる。

こうして豊成と紫の前は仲睦まじく暮らしたが、子ができないのが悩みだった。二人は神仏にすがり、子を授かりたいと願った。やがて、初瀬寺観音菩薩《はせでらかんのんぼさつ》の大慈大悲に頼めと御託宣を得て、二人で豊山長谷寺《ぶざんはせでら》（初瀬寺）に参り、祈り続けた。

そんなある日、二人がまどろんでいると、夢に観世音菩薩が現れ、

「あなたが誠実なので、望みを叶えてあげたいが、三千世界を照見すれば、汝の子となる宿世因縁の者はひとりもいない。今強いてひとりの子を与えると、夫婦のどちらかの寿命が尽きるが、どうする」

と問いかけた。それでもほしいと懇願すると、白色の蓮花を授け、

「これをあなたの子にしなさい。けれどもこの子が三歳の時、夫婦のどちらかは、必ず命を落とす。ゆめゆめ、私を恨んではなりません」

それから十二ヶ月後の八月十八日、夜が明けようとするとき、紫の前は苦もなく姫君を

お産みになった。産屋に蓮花の香りが満ちたという。

中将姫誕生

姫君誕生の夜、帝の夢に異形の僧が現れ、

救世《ぐせ》のため植えし蓮に今日こそは智の臣の宿に生ひさむ

と詠み、子に早く官名を授けるようにと告げ、たちまち観世音となってはるか彼方の空に消え失せ、夢から覚めた。

帝は豊成夫婦が長谷寺に祈り子を得たことを思いだし、大いに感じ入り、ものもわからぬ嬰児《わかご》に「三位中将」の官名を許された。この先、人びとは姫君を「中将姫」と呼ぶようになった。

中将姫が五歳になったとき、紫の前は、

「姫は早や五歳となりましたが、夫婦の身の上に、変わったことは起きません。怪我もしません。神や仏は嘘をおっしゃらないと聞いていましたが、時によっては嘘もつかれるのでしょうか。一途に信用できないものです」

と、うっかり言ってしまった。すると、春日和も一転し、墨を流したような黒雲があたりを覆い、突風が吹き荒れ、闇夜のようになり、雷鳴が轟き、稲妻が走り、人びとは泣き叫んで神仏に祈ったが、風も稲妻も、さらに勢いを増し、雷鳴のとどろきは天地に響きわたった。

「おまえは愚かにも神仏に偽りがあると思うのか。お前はとうに死んでいたはずだが、お前が生んだ姫こそ、女人成仏の先達となるべき身であるから、姫を育てるために仏菩薩の加護で今日まで生きながらえてこられたのだ。その慈悲をわきまえず、かえって仏を誹謗した罪、過失は、重く許しがたい。だから、天罪を思い知れ」

と、鐘が割れるように聞こえたので、みな青ざめた。こうして紫の前は、このあと命を落としたのである。

中将姫が七歳になったとき、藤原豊成は橘諸公（橘諸兄）の息女・照夜《てるよ》の前《まえ》を娶る。姫も喜んだが、ある日、どこからともなく声が聞こえてきて、

「あなたは前世の宿縁によって、いま継母《ままはは》に出逢った。けれどもこの継母は、過去からの

怨みを含む悪因縁で生き返り死に変わっても宿世の仇であるから、のちに大きな禍害に遭うだろう。深い禍いにかかわらぬよう、よくよく慎みなさい」

と、今は亡き母の声で、告げられた。

その後、照夜の前は豊寿丸《とよひさまる》という名の男子を生む。中将姫は九歳になり、容色麗しく、智恵聡く、心は柔和で諸芸に優れていたので、人びとは深く尊敬し、下僕奴婢《げぼくぬひ》に至るまで褒めそやすので照夜の前は嫉妬し、姫を憎む心は日増しに膨れあがっていった。そして、豊寿丸に横佩《よこはぎ》のあとを継がせ、自身は権利と誇りを獲得したら、どれほど楽しいだろうと夢を馳せたから、中将姫を殺そうと企んだのである。

奇跡を起こした中将姫

姫の館に家臣を忍び込ませ、殺害するように命じたが、家臣の子・小次郎《こじろう》が計画を知り、姫を守るべく館に入った。そうとは知らずに館に忍び込んだ父は、息子を殺してしまい、そのまま逃げて行ってしまった。

次に照夜の前は毒殺を計画したが、誤って息子の豊寿丸が毒を飲んで死んでしまう。

中将姫十一歳の時、豊成公は軽い罪で都を離れることになった。この機を逃すまいと、照夜の前は姫を殺めようとするも、多くの下僕に阻まれてしまう。そうこうしている間に、豊成公も都に帰ってきてしまった。

中将姫は十三歳になった。月の眉、緑なす黒髪も水が滴るようで、楊貴妃《ようきひ》や衣通姫《そとおりひめ》もかくありなんという美しさであった。和歌や楽器にも優れ、賢く、時の淳仁帝（天武の孫、舎人親王の子）は噂を聞きつけられ、使いを豊成公の館に送り、姫を後宮《こうきゅう》に出仕させようとした。しかし、豊成公は、あまりよい返事をしない。

「勅命は横佩家にとってありがたい話ですが、姫は世間一般の人とは違い、現世の栄華や名誉や利益に無頓着で、私が勧めたところで、お受けすることはないと思います。直接姫に聞いてみて下さい」

と、勅使を返すのだが、帝はあきらめることができない。そこで、条件を出す。

「近ごろ竜田川《たつたがわ》が鳴動して、その音が都まで響いてうるさく困っている。諸寺の名僧や智識に命じて加持祈禱をさせたが効果はなく、ますますひどくなっている。そこで、この鳴動を止めることができたら後宮の件はなかったことにする」

と言う。

そこで中将姫は竜田川を訪ねてみた。すると、たしかに、川の水は蕩々《とうとう》と流れ、大きな岩に激しくぶつかり、百雷が一度に落ちたような轟音がする。渦巻く波は白く泡だち、凄まじい勢いだ。

姫は必死に祈念し、硯を引き寄せ、「浪はより竜田の川に音なくて天の皇《すめら》の悩みやめてよ」と歌を石に書き荒波の中に投げ入れると、竜田川は嘘のように静まりかえってしまった。すると白髪の老人が現れ、「善いかな善女人」とうやうやしく礼拝してくる。老人は続ける。

「我はここの竜田明神である。我は汝を待つこと久しく、汝を誘うために河水を鳴動させたが、こうして機縁が熟して汝と対面した。この上は、汝と心を合わせ、朝廷の安寧を測り、人々を善心に導かねばならない。ゆめゆめ怠ることなきよう」

こう言って消えてしまった。みな、その霊験あらたかなことに驚き、姫の徳を褒めそやした。

前世の宿業に苦しむ中将姫

十四歳になった中将姫は、さらに美しくなり、三公摂家の若者の内、垣の間から観た者は、みな恋こがれた。

照夜の前は、妬ましくてしょうがない。松井嘉藤太《まついかとうた》という屈強な武士に、豊成の留守の間に、中将姫を山中に連れて行って討ち果たすよう命じたが、嘉藤太は姫を殺すことができない。それどころか、妻と一緒に山に入り、姫を匿《かくま》った。嘉藤太は豊成が信頼する国岡将監《くにおかしょうけん》に相談し、照夜の前は疑い深いからと悩んでいると、国岡将監の娘・瀬雲《せぐも》が「姫の役に立ちたい」と言い、身代わりになるから首を切って持っていくようにと言う。泣く泣く首をはね、中将姫の着物にくるんで照夜の前に差し出した。

役目を終えて山に帰ってきた嘉藤太に中将姫は、

「小次郎や瀬雲は私のために非業の死をとげたが、思えば、この私が早く死んでしまえば、このようなつらい目に遭わせることもなかったのに……。かえすがえすも怨《うら》めしいのは、前世の宿業、恐ろしいのは未来の果報」

と嘆く姿は、哀れだった。

このあと中将姫は二年間山中に過ごす。国岡将監は一計を案じ、豊成を狩りに誘い出し、中将姫と再会させた。こうして家に帰ってきたが、照夜の前は豊成に、「姫は駆け落ちしてしまいました」と、嘘をついていたことが露顕し、ある夜密かに館を抜け出し、川に身を投げ、行方知れずになってしまった。

中将姫の姿はいよいよ美しく、后妃に立てられるだろうと囁かれた。しかし姫はその噂を知り、とてもつらく、自分のために多くの人が死んでしまったのだから、その菩提を弔いたいと願った。無常を悟り、ひたすら仏の道に入ろうと心に決めていたのだ。

ここから、当麻寺の物語がはじまる。

当麻寺の興りは第三十三代推古天皇の御代、聖徳太子が河内国交野郡山田郷《かわちのくにかたのこおりやまだのさと》に建立し、万法蔵院《まんほうぞういん》と名付けたことによる。その後天武天皇白鳳《はくほう》二年のころ、麻呂子親王は夢の中で、勅許を得て伽藍を今の場所に移し、当麻寺と改めた。

仏法の霊場で僧宝の名所と言われる当麻寺を中将姫は、修行の場に選んだ。父の許しを得られなかったが、のちに豊成も折れる。

十七歳で剃髪染衣《ていはつぜんえ》となり、名は法如比丘尼《ほうにょびくに》となって、つねに念仏を唱え、称讃浄土教《しょうさんじょうどきょう》の書写一千巻を成し遂げ、近江、大和、河内の三カ国から蓮の糸が集められ、一丈五尺の大曼荼羅を織り上げた。

曼荼羅を織る時に現れた西方の教主阿弥陀仏が、十三年経ったら法如の願い通り迎えにくる約束をして消えて行った。

そして、いよいよ約束の十三年目の春三月十四日、中将姫は、

「私が娑婆の苦域にいるのも、今しばらくの間だろう」

と、喜び、沐浴して身を清め、手を洗い口をすすぎ西に向かい、端座合掌《たんざがっしょう》してお経を読み、往生の時を待っていると、ついに午《うま》の刻（午前十一時〜午後一時）に紫雲が空に棚引き渡り、はるか雲の隙間から真っ赤な一条の光が法如の額を照らし、法如は優しく微笑み、「紫の雲のたえまに吹く風を聖衆来迎音楽の音」と詠じられると、端座合掌のまま眠るように息絶えた……。

これが、「中将姫一代記」の物語である。『竹取物語』とよく似ていることに、気付かれたと思う。

『竹取物語』と中将姫伝説の共通点

歴史作家の梅澤恵美子《うめざわえみこ》は『竹取物語と中将姫伝説』（三一書房）の中で、かぐや姫と中将姫の生涯は表裏一体だと指摘している。生まれ落ちたとき、かぐや姫は輝く竹の中から菜種のような小さな子として世に出てきた。かたや中将姫は、白色の蓮花の化身をイメージして生まれてくる。しかも、どちらも「藤原の世」という時代背景を負っている。その上で、二つの物語の似ている点を、次のように指摘し比較している。

まずは、『竹取物語』は、次のようになる。

（1）昔の契有るによりてなんこの世界にまうで来たり
（2）過去に罪を犯した故穢き世《ゆえきたなよ》に落とした
（3）この世の人でない
（4）仏の生まれかわり
（5）姿を消したり現われたり、神がかり的
（6）多くの貴族と天皇から求婚される。そしてそれを拒否

（7）天皇に同情
（8）天から迎えに来て、昇天

次に、中将姫の場合。

（1）生まれた時から、女人成仏の運命
（2）過去よりの怨みを含める、悪しき因縁に苦しむ
（3）生まれつき世の人と異なる
（4）蓮が誕生にかかわり、仏の子を意識させる
（5）竜田川の鳴動を止めるなど、巫女《みこ》的要素を意識させて、神がかっている
（6）多くの貴族に恋い焦がれられ、天皇から求婚される。そしてそれを拒否
（7）天皇に同情
（8）天から二十五菩薩来迎、昇天

このように比較し、二つの物語がそっくりなことを確認した上で、決定的に違う点を次

のように述べている。

かぐや姫と中将姫の最大の違いは、かぐや姫が、藤原批判をし、数々の苦難を相手に対して与えているのに対し、藤原直系の娘である中将姫は、数々の苦難を自分が受けることである

そして、次のように続ける。

かぐや姫が藤原氏を批難する一方、中将姫は藤原のあり方を懺悔《ざんげ》、しかも中将姫は、死を目前にして、「私が娑婆の苦域に居るのも、今しばらくの間だろう」と悦んでいるのである。娑婆とは、現世であり人間界である。中将姫を死ぬまで苦しめていたものは、いったい何であったのだろう。それが過去からの因果応報であったことは、彼女自身が伝えているのだから間違いない（前掲書）

かぐや姫は藤原氏を批判し、中将姫は藤原氏の女性として、因果に苦しむ……。ならば

なぜ、正反対の『竹取物語』をモチーフにして、中将姫の物語は語り継がれたのだろう。

梅澤恵美子は、中将姫のモデルを藤原不比等の娘・光明子に求めることで、この矛盾を解こうと考えたのである。

どういうことか、説明していこう。

藤原氏発展に尽力していた光明子

光明子は藤原不比等の娘で、首皇子《おびとのみこ》（のちの聖武天皇）に嫁いだ。

これまでの光明子に対する評価は、ほぼ決まっていた。「藤原氏発展のために活躍した女傑」と信じられてきたものだ。首皇子が即位したのちしばらくして、皇后に立ち、聖武天皇を自在に操っていたと考えられている。また、「楽毅論《がくきろん》」に残された署名「藤三娘《とうのさんじょう》」の力強い書体も手伝って、「藤原の強い女」というイメージが、強烈に焼き付いていたのだ。

藤原不比等の戦略の中で、光明子は重要な位置に立っていた。藤原不比等が目指したのは、「蘇我氏と同じように外戚の地位を確立する」ことで、自家の女性を天皇や皇子に嫁がせ、生まれ落ちた子が即位して、実権を握るという道だった。もっとも、藤原不比等は、蘇我氏が守りつづけたような「合議による政局運営」を建前上は継承するふりを見せておきながら、実際には「天皇を傀儡《かいらい》にした藤原氏の独裁政権」の樹立を目指したのだった。

その手始めに、藤原不比等は娘の宮子《みやこ》を文武天皇に嫁がせた。そして生まれたのが首皇子である。

首皇子が即位できれば、はじめて藤原氏は天皇の外戚となり、盤石な権力を手に入れることができる。藤原不比等はやはり娘の光明子を、首皇子に嫁がせて、王家の周辺を「藤原色」に染め上げていった。光明子は聖武天皇をコントロールし続けた、と考えられている。だいたい、皇族でもないのに光明子が皇后に立った事自体、律令の規定を逸脱した強引な処置だった（あいまいな規定、法の抜け道を悪用した）。

聖武天皇が光明子との間に生まれた娘（阿倍内親王。即位して孝謙天皇。のちに重祚して称徳天皇）に皇位を譲ると、光明子は急速に台頭してきた藤原不比等の孫・藤原仲麻呂（光明子にとっては甥っ子に当たる）の策謀に一枚噛んで、反藤原派を煙に巻いている。天皇の配下に太政官（律令制下の最高議決機関）があって、ここを反藤原派の棟梁である橘諸兄が牛耳っていた。これに対抗するために、藤原仲麻呂は紫微中台《しびちゅうだい》という律令の規定にない新たな役所を創設した。これは、光明皇后の身の回りの世話をする皇后宮職《こうごうぐうしき》を発展させたもので、太政官の親藤原派の役人が兼任したのだ。すなわち、本来なら実権を握り国政を預かっていたのは天皇（孝謙天皇）を支える太政官（反藤原派）だが、皇太后（光明子）に付属する役所・紫微中台（親藤原派）というもうひとつの政府が生まれてしまったことになる。そしてもちろん、紫微中台が無理矢理造られたとしても、光明子は孝謙天皇の母だから、次第に太政官を圧迫していくことになるのである。

とはいっても、律令の規定は生きていたから、太政官で議決した案件は天皇に奏上し、追認され、文書に天皇御璽《ぎょじ》が押されて、はじめて政治は動いた。だから、光明子と藤原仲麻呂がいくら「裏技」「寝技」を駆使しようとも、限界があった。全権を掌握することはできなかったろう。

そこで光明子と藤原仲麻呂は、天平勝宝《てんぴょうしょうほう》八年（七五六）六月二十一日、聖武の七七忌《しちしちき》（四十九日）で諸卿や役人たちが儀式に参加している隙をつき、天皇御璽を奪い取ったのではないかという指摘がある（由水常雄《よしみずつねお》『正倉院《しょうそういん》の謎』中公文庫）。

聖武天皇遺愛の品が東大寺に納められたが、この時の品物を書きとどめた『東大寺献物《とうだいじけんもつ》帳《ちょう》』に、勅書でもないのに、天皇御璽が全面に押印されていた（全部で四八九）。東大寺に献納するために太政官から御璽を借り受け、そのまま奪い取ってしまった可能性は高い。

のちに反藤原派がクーデターを起こした時の計画は、「光明子の手元から駅鈴《うまやのすず》と天皇御璽を奪う」というものだった。太政官とは関わりのない光明子が天皇御璽を所持していた可能性が高い。

さらに後年藤原仲麻呂（恵美押勝《えみのおしかつ》）は、孝謙との間に御璽争奪戦をくり広げ、この時は敗れ、滅亡している。これが、恵美押勝の乱《らん》（七六四）だ。やはり、藤原仲麻呂と光明子が、太政官から実権を奪おうと画策していたことは間違いないだろうし（そうでなければ、紫微中台など造っていない）、光明子が藤原発展の片棒を担いでいたことは、間違いないのである。

光明子の慈善事業はスタンドプレーか？

『続日本紀《しょくにほんぎ》』天平宝字《てんぴょうほうじ》四年（七六〇）六月七日条に、光明子の崩伝《ほうでん》（天皇や皇后クラスの人びとの死亡記事）が残されている。そこには、次のようにある。

光明皇太后の姓は藤原で、近江朝の内大臣中臣鎌足の孫、平城朝の太政大臣（実際には右大臣）藤原不比等の娘である。母は県犬養《あがたいぬかいの》（橘《たちばな》）三千代《みちよ》だ。幼い頃から聡明の誉れ高く、聖武が皇太子になり、妃となった。時に年は十六。多くの人々に接し、喜びを尽くし、あつく仏道に帰依し励んだ。聖武天皇即位とともに大夫人となり、高野《たかの》天皇（孝謙）と皇太子（基皇子）を産んだ。皇太子は生まれて三ヶ月で立太子したが、皇太子は数え二歳で夭逝した。天平元年（七二九）、大夫人は皇后に立った。太后（光明子）の人となりは、慈しみ深く、よく恵み、人びとを救うことを志した。東大寺と国分寺の創建は、そもそも大后が聖武天皇に勧めたものだった。また、悲田《ひでん》、施薬《せやく》の両院を設立し、飢えた人、病んだ人々を救った。娘の孝謙天皇が即位すると、皇后宮職を紫微中台に改め、勲賢《くんけん》（実力者たち）を選び出し、官人として列した。享年六十……

興味深いのは、同じ『続日本紀』に載る光明皇后の夫・聖武天皇の崩伝だ。天平勝宝八年（七五六）のことだ。

是の日、太上天皇《だいじやうてんわう》、寝殿《しむでん》に崩《かむあが》りましぬ。遺詔《ゐせう》して、中務卿《ちうむきやう》従四位上道祖王《ふなどのおほきみ》を皇太子《ひつぎのみこ》としたまふ

皇后の記事に対し、夫の天皇の記事がこれだけというのは、『続日本紀』編纂時の「藤原政権」が光明子を「藤原発展の基礎を築いた功労者」と認識していたからだろう。ここでも、藤原氏は「王家よりも自家の歴史」を重視していたことが分かる。そして正史も、「光明子は藤原の女」と、強く認識していたことが分かる。光明子は、どうみても「藤原のために権力を振りかざした鉄の女」にしか見えないのである。

さらに『今昔物語集《こんじやくものがたりしゆう》』や『源平盛衰記《げんぺいせいすいき》』には、怪僧・玄昉《げんぼう》と光明子のスキャンダラスな記事が載る。『続日本紀』は、玄昉は「沙門の行に乖《そむ》いた」と記され、一般にも、「光明子は聖武を尻に敷いていて、好き勝手をやっていた」と考えられている。聖武天皇を手のひらの上で転がしていたというのだ。

しかし、不思議なことは、いくつもある。光明子の足跡をつぶさに見ていくと、表と裏の顔がみえてくるのだ。行動に、ギャップが激しいのである。

たとえば『続日本紀』が言うように、光明子は慈善事業を積極的に行っている。

光明子は皇后宮職に施薬院と悲田院を設けた。施薬院は病人に薬を与え、介護する場で、悲田院は貧しい者たちに食料を施す場で、身寄りのない子供たちを育てていたようだ（『続日本紀』天平勝宝八年十二月十六日条）。

鎌倉時代末に記された仏教史『元亨釈書《げんこうしやくしよ》』には、仏の啓示を受けた光明子は、浴室を造り千人の貧民と病人の垢を洗い流したとある。最後のひとりがらい病（現在はハンセン病と呼ばれる）患者で、臭気が浴室に満ちたが、光明子は患者の膿を吸い取った。するとその患者は阿閦仏《あしゆくぶつ》の化神《けしん》であることを告げ、馥郁《ふくいく》たる香気に包まれたというのである。

光明子自筆の書『杜家立成《とかりつせい》』があって、そのなかに「積善藤家《せきぜんのとうけ》」の朱印が押されている。「善行を積み上げた藤原氏の子孫は、祝福を受けていく」と、祈り、願っていたことが分かる。とすると、光明子の慈善事業は、良家の子女のスタンドプレーなのだろうか。

光明子が見せる乙女の姿

聖武天皇を自在に操り、藤原氏の権力固めに奔走した光明子……。そして、慈善事業は「権力に固執する鉄の女の正体を覆い隠すための偽善」だったのだろうか。

梅原猛は、光明子が「藤原の女」であることを強烈に意識していたこと、姉で聖武の母・宮子《みやこ》は藤原不比等の子ではなく、「海人《あま》の娘」と推理した上で、「海人の娘の子」の聖武帝を軽蔑していたと指摘している（ちなみに筆者は、この「宮子＝海人の娘」説に与《くみ》しているわけではない）。

また、紫微中台を設けたのも、太政官の権力を空洞化させ、光明子の虎の威を用いて藤原仲麻呂の独裁体制を構築する目的があり、それは光明子と仲麻呂の「政治的クーデターであった」と、結論づけている（『海人と天皇　下』新潮文庫）。そうなるとやはり、光明子は「藤原の鉄の女」ということになりそうだ。

しかし、やはり引っかかるのだ。権力者に似つかわしくない、「乙女」の姿を、光明子に時々垣間見るからである。

聖武の七七忌に際し、藤原仲麻呂と光明子は、聖武遺愛の品を東大寺に封印した。その目的のひとつは天皇御璽を奪うためだと由水常雄《よしみずつねお》は指摘した。そして、『東大寺献物帳《とうだいじけんもつちょう》』には、多くの国家の珍宝を喜捨して東大寺に献上する理由、聖武への哀悼の気持ちが、「皇太后（光明子）の言葉」として、記録されている。「妾《われ》聞く」とはじまり、四六騈儷体《しろくべんれいたい》の格調高い美文だ。しかし、整いすぎていると由水常雄は言い、実際には藤原仲麻呂が記

光明子が病人の体を洗ったという法華寺から風呂

したのだろうと推理する（前掲書《ぜんけいしょ》）。まさにそのとおりなのだ。隙のない名文だが、無機質で事務的で、光明子の心のぬくもりを感じることができないのである。

ところが、目録が一通り述べられたあと、もう一度、哀悼の言葉が重複して記されている。それまでの「美文」とは異なっていて、おさえきれない心の叫びが、聞こえてくるのである。

右に掲げた品は、先帝（聖武）が賞翫《しょうがん》していた宝で、内司《うちつかさ》（宮中の役所）がたてまつったものだ。目に触れるごとに、帝の生前の姿を思い出し、泣き崩れてしまうのです。慎んで、盧舎那仏《るしゃなぶつ》（東大寺の大仏）に献じ奉ります。願わくは、この善因をもって、（帝が）成仏され、蹕《ひつ》（天子の車）

が涅槃《ねはん》の岸に留めていただきますように……。

本来なら重複して必要のなかった最後の言葉は、光明子の本心ではなかったか。そう思わせるのは、次の万葉歌が存在するからだ。光明子が夫の聖武天皇を思って歌った巻八―一六五八の次の歌だ。

わが背子《せこ》と二人見ませば幾許《いくばく》かこの降る雪の嬉しからまし

夫聖武とふたり並んでみたならば、このふる雪もきっとうれしいでしょうに……。権力の亡者と信じられてきた光明子。しかしここに、素直でたおやかな乙女が、たたずんでいたのである。

藤原のために冷徹に生きた光明子と、夫聖武天皇の遺愛の品を観て泣き崩れるたおやかな光明子、いったいどちらが本物なのだろう。

二つの顔を持つ人びと

光明子は二つの顔を持っていた……？　そう考えなければ、理解できない。光明子だけではない。聖武天皇も、前半生と後半生では、まったく別の人生を歩んでいる。「藤原の子」としての聖武は、ある時期を境に「反藤原の帝」に豹変している。通説はこの聖武の変わり身に「藤原氏が没落し反藤原派が台頭したために寝返った」と考えるだけだが、聖武豹変のきっかけを作ったのが光明子だから問題なのである。

『続日本紀』天平九年（七三七）十二月二十七日条に、不思議な話が載っている。

この日、皇太夫人《こうたいぶにん》藤原氏（宮子）は、皇后宮《こうごうぐう》（光明子の館。元々は藤原不比等の邸宅だった）で僧正《そうじよう》・玄昉法師《げんぼうほうし》と面会した。聖武天皇も、たまたま皇后宮を訪ねていた。皇太夫人は幽憂《ゆうゆう》に沈み（精神を患い）、久しく人としてまともに話すこともできなかったため、聖武が生まれてからこの時まで、引き離されていた。ところがひとたび玄昉に看病してもらうと、突然目がさめたかのように、正気を取り戻した。そして、息子の聖武天皇と、再会したという……。

この話、いくつもの謎がある。

まず、玄昉は遣唐使の一員として唐から先進の医術を持ち帰ったことは間違いないだろう。けれども、一度診察しただけで、二十数年間治らなかった病気を、治してしまうことができただろうか。そうではなく、最初から宮子は「正気」だったのだろう。

宮子の母は賀茂《かも》氏《し》の出で、ヤマトの古い家柄だ。三輪の神（出雲系）とも関係が深い。その賀茂氏出身の女人が、どのような理由で藤原不比等に嫁いだのかは、はっきりとしない。けれども藤原不比等にすれば、

「せっかく生まれ落ちてきた藤原の子を、賀茂氏の血を引く宮子に預けるわけにはいかない」

と考え、宮子を幽閉してしまったのだろう。藤原氏は成り上がり者だったから、古い家柄の権威を借りるつもりで姻戚関係を結んだのだろうが、子供ができると、賀茂氏が語り継いできた「ヤマトの歴史」が邪魔になったにちがいない。藤原不比等が構築し直した歴史観を、首皇子に吹き込まなければならなかったのだろう。藤原不比等は多くの旧豪族の反感を買っていたから、一層のこと、賀茂氏の血を引く宮子とその取り巻きを信用できなかったのだろう。

それにしても、足かけ三十七年もの間、宮子は藤原不比等と光明子の館から、一歩も出

なかったのだ。

光明子は、腹違いの姉の悲劇をつぶさに見てきたことだろう。そして、藤原不比等の「権力を獲得するためには、ミウチをも奈落の底に落とす」という手口に、恐怖心すら抱いていたのではなかったか。もし仮に、通説どおり光明子が「藤原の鉄の女」だったとすれば、宮子を解放しただろうか。宮子と聖武を引き合わせることによって、聖武は祖父・藤原不比等の母に対する非人間的な仕打ちを知ってしまう。「藤原の子」として育てられてきた聖武は、藤原を憎むようになるかもしれなかったし、事実、ここから聖武天皇は豹変していくのである。

ならば、なぜ「藤原の女」光明子は、宮子を解放し、聖武に「藤原氏の正体」を、ばらしてしまったのだろう。

興味深いのは、『続日本紀』の直後の記事だ。

この年の春、疫瘡《えきそう》が大いに流行った。はじめ筑紫《ちくし》（九州）からやってきて、秋まで続いた。公卿《くぎよう》以下、数え切れないほどの天下の百姓《おおみたから》が、相次いで亡くなった。近年このようなことはなかった恐怖の天然痘が、政権を揺るがしていたのだ。もちろんこの時代、天然痘は疫神《えきじん》の仕業と考えられ、何者かの祟りと恐れられた。だから、政権は疫病の蔓延、天変地異に怯え、必死に祀ったのだ。権力を握るまでの過程で犯してきた罪を、為政者は懺悔する。光明子も、「藤原の罪」を一身に背負いこみ苦しんだ可能性はないだろうか。だからこそ、宮子を解放し、聖武天皇に引き合わせたのではなかったか。

反藤原派に豹変した聖武天皇

母との再会を果たし、藤原不比等の正体を知った聖武天皇は、反藤原の天皇にすり替わったのである。

天平十二年（七四〇）十月二十六日、藤原広嗣《ふじわらのひろつぐ》が九州で反乱を起こしている最中（実際にはすでに鎮圧されていたが、都に情報は届いていなかった）、聖武天皇は四百の兵を率いて平城京を出立して東に向かった。その理由を次のように語っている。

木津川を挟んで平城京と対峙する恭仁京跡

朕《われ》（聖武天皇）は、思うところがあってしばらく関東（この時代の関《せき》は、鈴鹿や不破だった）に行幸しようと思う。時期が悪いとはいえやむを得ない。将軍（藤原広嗣征討軍）はこれを知っても驚いたり怪しんだりしないでほしい。

このあと、聖武天皇は伊賀、伊勢、美濃、不破（関ヶ原）、近江を訪れ、最後は山背国《やましろのくに》に居座る。これが恭仁京《くにきょう》（京都府木津川市）だ。その後、紫香楽宮《しがらきのみや》、難波京《なにわのみや》を転々とし、平城京に戻ってきたのは天平十七年（七四五）五月だった。いったい聖武天皇は、なぜ四年数ヶ月の間、放浪したのだろう。

まず、最初の関東行幸のルートに関して、これを壬申《じんしん》の乱《らん》（六七二）における大海人皇子（天武天皇）の逃避行とそっくりだとする指摘がある。藤原不比等は壬申の乱ののちしばらく冷や飯を食わされた。それもそのはず、父親の中臣鎌足は死ぬ間際まで、大友皇子の即位を願っていた（『懐風藻《かいふうそう》』）のだから、藤原氏は一度ここで没落していたわけである。

一方、天平十二年（七四〇）の藤原氏も、窮地に立たされていた。橘諸兄、僧・玄昉、吉備真備等、反藤原派が一気に台頭し、藤原政権は野党になっていたのだ。だから、藤原広嗣は玄昉や吉備真備らを追放するように聖武天皇に働きかけ、却下されると、蜂起したのだ。この時、都の藤原氏も、呼応する動きがあったようだ。すかさず聖武天皇は、平城京を捨てたのだ。

そもそも平城京は藤原氏のための都だった。本来なら左右対称に造るべき都だが、東北側の高台に外京《げきょう》を築き、ここに藤原氏が居座った。現在の近鉄奈良駅から興福寺にかけての一帯だ。都で反藤原派が蜂起すれば、藤原氏はこの高台に逃げ込み、応戦しただろう。宮城を見下ろす防衛上の拠点を、藤原氏は独占したのだ。聖武天皇が平城京から逃げ出したのは、「平城京に留まっては勝ち目がない」と読んだからだろう。そして、大海人皇子の足跡を辿り、「ふたたび乱を起こして、藤原氏を追いつめてもよいのだぞ」と、意思表示をしたということにほかなるまい。

いずれにせよ、聖武天皇はこの段階で、明白に「藤原氏と闘う」と表明したわけで、「藤原の子」が、反藤原の帝に豹変したことは、間違いないのだ。

とすれば、光明子の目論見はどこにあったのだろう。これは、意図的なのか、あるいは、やむを得なかったことなのだろうか。

懺悔し続ける聖武天皇

聖武天皇はある時期からひたすら「懺悔」し続けるようになった。「何もかも、私の不徳が招いたことなのだ」と、悔やみ続けている。その例を、いくつか挙げておこう。

天平六年（七三四）四月七日に大地震が起きた。四月十七日に、次のように詔《みことのり》している。

地震という災いは、おそらくは施政に欠けることがあるからだろう。それぞれの官司《かんし》は、職分に励み、事務に精励するように。もし、成果が上がらなければ、位階を下げると、ここでは役人を叱責しているが、四月二十一日になると、次のように述べている。

この頃、災異が続いている。異常なことだ。思うに、朕のあなたたちに対する、慈しみ育てて徳化する力が欠けていたかららしい。そこで使いを遣わし、苦しみ悩む様子を調べさせる。朕の気持ちを分かってほしい

さらに七月十二日には、次のような詔が発せられた。

朕が百姓を撫育《ぶいく》するようになって、何年もたった。朕の徳が行きわたらず、牢獄の罪人は減らない。一晩中寝ることも忘れ、憂い悩んでいる。この頃、盛んに天変地異が起こり、地震が続く。まことに朕の導きが明瞭でないために、民の多くが罪を犯す。責任は、私一人にあり、多くの民のかかわることではない

同様の詔は、このあとも頻繁に出された。そして、天平九年（七三七）八月十三日には、次の詔を発した。

朕は天下に君として臨み、長い年月を過ごした。しかし、徳によって民を教え導くことはまだできず、民は安らかにしていない。夜もすがら、寝ることも忘れ、憂いている。また、春から災厄の気がにわかに興り、天下の民が多く亡くなった。亡くなる百官も少なくない。まことに朕の不徳により、災厄を生じさせたのである。天を仰いで恥じ恐れ、安んじるところもない。よって、税を免じ優遇し、生活を安定させたい。だから、天下の今年の田租と長年にわたり貯め込んでいる出挙《すいこ》の稲（一種の借金）を免除せよ。さらに、諸国で、風雨を起こし国家のためになる神なのに、神祇官《じんぎかん》から幣帛《へいはく》を預かっていない神々がいれば、奉幣《ほうへい》の例《れい》に入れなさい

なぜここまで、聖武天皇は卑下し、懺悔したのだろう。

長屋王は守旧派なのか？

この間、光明子は慈善事業を大々的に展開していたが、聖武天皇の懺悔と、無関係では

ないように思える。というのも、天平九年（七三七）に、藤原氏を大災難が襲っていたからだ。政敵を追い払い、わが世の春を謳歌し絶頂期にあった藤原不比等の四人の男子が、この年全員天然痘の病魔に犯され、全滅していたのだ。

問題は、藤原四兄弟全滅をみて、だれもが「これは祟りだ」と、信じたこと、聖武天皇と光明子も震え上がったにちがいないのである。聖武と光明子には、祟られる心当たりがあったからだ。それが天平元年（七二九）の長屋王《ながやおう》の変《へん》で、藤原四兄弟は、罪のない長屋王の一族を、滅亡に追い込んでいたのだ。

ここは大切なところなので、長屋王の変について考えておきたい。

長屋王は天武天皇の孫で、藤原の血を引いていなかった。それどころか、正義感の強い人で、藤原氏の強引で卑劣な行為に反発することもあった。

長屋王は藤原不比等に継ぐ地位にいたが、藤原不比等亡き後、朝堂のトップに躍り出た。藤原不比等を憎んでいた者たちは、当然長屋王の活躍に期待したし、藤原四兄弟にとって、長屋王は目の上のたんこぶだった。

また、首皇子が即位し、光明子との間に基皇子が生まれ、藤原氏はようやく外戚の基礎固めに成功したのだ。ところが、安堵したのも束の間、基皇子は生後一年をまたずに夭逝してしまった。長屋王と妃の吉備内親王は、有力な皇位継承候補だったから、邪魔になったのだ。それだけならまだしも、長屋王は藤原四兄弟の野望に横槍を入れたから、生かしておくわけにはいかなくなった。

一般に、長屋王の滅亡は、「皇親政治に固執した長屋王VS律令制度推進派としての藤原氏」という図式で語られてきた。これはどういうことかというと、長屋王の祖父・天武天皇は、壬申の乱を制し即位すると、皇族だけで政局を牛耳る極端な体制を敷いた。いわば天皇による独裁で、これが皇親政治とよばれるものだ。この体制の下で、律令制度が整えられていった。そして、律令制度が整った段階で、権力は太政官に移そうという手順である。

当然、制度の充実とともに、次第に旧豪族（貴族）が要職を占めるようになっていくが、藤原不比等亡き後、朝堂のトップに立った長屋王は、藤原氏からみれば、「皇親体制の亡霊」で、太政官による政局運営を目指した藤原氏が、改革者だったということになる。

しかし、これはまちがいだ。神亀元年（七二四）に起きた皇太夫人《こうたいぶにん》事件に、長屋王の本心が隠されている。このあたりの事情が分からないと、長屋王の悲劇性も伝わらないと思うので、少し脱線して説明しておこう。

藤原氏の危険なダブルスタンダード

時間はやや遡る。聖武天皇即位直後の二月六日、次の詔が発せられた。

勅《みことのり》して正一位《しょういちい》藤原夫人《ふぢはらのぶにん》を尊《たふと》びて大夫人《だいぶにん》と称《まう》す

藤原夫人とは、宮子のことだ。「大夫人と呼ぶようにする」、という何の変哲もない勅だが、長屋王が異議を申し立てた。

「『公式令《くじきりょう》』（律令）の規定では、天皇の母の称号には皇太后、皇太妃、皇太夫人があり（上から順に、皇后、皇族出身の妃、皇族以外の貴族［豪族］出身の夫人を指して呼んでいる）、これに照らし合わせれば、藤原夫人は皇太夫人と呼ぶべきで、勅に従えば皇の字が欠け、逆に法に従えば、大夫人と称する事自体が違法になります。われわれは、勅と法のどちらを守ればよいのでしょう」

つまり、天皇の命令（勅）と律令の規定のどちらを優先すればよいのかと、問いただしたのである。これは正論だったので、勅は訂正された。

「文書で記すときは皇太夫人とし、呼ぶときは大御祖《おおみおや》とするように」

これで、長屋王の主張は認められた。しかし、禍根を残した。

そもそも、些細な呼び方の違いに、なぜ長屋王はこだわったのだろう。

答えは明解だ。律令制度が整い、皇親勢力は徐々に名誉職となって、一線から退いていった。最終的には、太政官が実権を握るわけだが、藤原氏は外戚の地位を大いに利用（悪用）し、律令の枠を超えようと考えた疑いが強い。すなわち、時と場合によって、律令と天皇の勅（詔）を使い分けようとしたのだろう。天皇の命令は絶対だ。しかし、これにはカラクリがあって、本来天皇に実権は渡されていない。太政官が決めた案件が奏上され、天皇はこれを追認するのだ。藤原氏は律令制度を造った側だから、当然律令を尊重し、太政官を支配する道を選んだ。しかし、都合が悪くなると、天皇から勅を引き出し、反藤原派を圧倒しようと考えたのだ。

長屋王は、この藤原氏のダブルスタンダードを黙認できなかったのだ。長屋王は通説が言うように、皇親政治に固執したのではない、皇太夫人事件の中で「もうそろそろ、法

（律令）による統治一本に切り替えようではないか」と、訴えていた。しかし藤原氏は、律令制度だけではなく、「天皇という抜け道」を残す魂胆だったのだ。

平安時代になると、藤原氏の一党独裁体制はさらに強固なものになるが、「藤原腹《ふじわらばら》ではない天皇」がたまたま即位すると、藤原氏と争い、暴走することが起きた。また、藤原四兄弟の末裔が「藤原四家」に分かれ、覇を競い合うようになり、北家（藤原房前の末裔）が摂関家となって天皇に女人を送り込み、生まれ落ちた子を次々と即位させ、他の藤原を圧倒すると、「摂関家《せっかんけ》腹ではない天皇」が即位しただけで、大きな混乱が起きた。すなわち、「摂関家腹ではない天皇」は、「譲位をして（天皇を指名して）太上天皇《だいじょうてんのう》（院《いん》、法皇）になる」という人事権を活用して、実権を握り、摂関家（藤原北家）と対峙した。これがいわゆる院政で、混乱の根元を辿っていくと、長屋王の変にまで行き着く。

「律令の規定と天皇の命令のどちらを優先すればよいのか」

「今すぐにでも、律令を優先すると決めるべきだ」

という長屋王の提案を無視したために、貴族層と天皇の主導権争いという悪夢が訪れたのである。

縁なくして殺された長屋王一家

藤原四兄弟は長屋王が邪魔になり、抹殺したのだ。一家全員を標的にしたのは（例外は藤原系の妃とその子）、吉備内親王《きびのないしんのう》が長屋王よりも高貴な血統の中に立っていたこと、吉備内親王と長屋王の間に生まれた皇子も、非藤原系の皇族として、十分皇位継承候補になりえたからだろう。藤原氏は多くの旧豪族に恨まれていたから、反藤原派が担ぎ上げる旗印は、目障りで仕方なかったのだろう。

長屋王は最下級の役人から「左道《さとう》を学んでいる」と訴えられた。根も葉もない密告を、なぜか朝廷は信じている。「左道」とは、「よくないこと」「よこしまなこと」「まじない」「呪術」ぐらいの意味しかなく、「何やら怪しげなことをしています」という訴えだけで、藤原氏は長屋王の館を囲んだ。自尽（自ら首を絞める）を強要され滅亡した。

天平十年（七三八）七月十日に長屋王と親しかった大伴宿禰子虫《おおとものすくねこむし》という人物が、同僚を斬り殺すという事件が起きた。同僚とは、長屋王の謀反を密告した人物で、仕事の合間に囲碁を打っていて話題が長屋王におよんだ時、大伴宿禰子虫は激昂《げきこう》してしまったのだという。そして、『続日本紀』はここで、驚くべき記事を載せている。すなわち、「殺された

ここで悲劇は起きた。長屋王の館跡

男は、長屋王のことを誣告《ぶこく》した」というのだ。「誣告」とは、嘘の報告のことで、『続日本紀』の編者は、長屋王が無実の罪で葬られたことを記録していたのだ。

ところで、謀反の密告がもたらされた時、長屋王の館に窮問使《きゆうもんし》として遣わされたのが、藤原武智麻呂だった。四兄弟の長男だ。ここまで「藤原四兄弟」とひとくくりにしてきたが、全員が同じ方向に一枚岩になって進んでいたわけではない。

武智麻呂の子が藤原豊成と藤原仲麻呂（恵美押勝）で、豊成は学究肌、仲麻呂は陰謀家の匂いがするが、武智麻呂は藤原不比等の長子でありながら、温厚な性格で、学問に秀でていた。首皇子の教育係も務めている。『藤氏家伝』は、その実直で勤勉で無欲な人柄を、くり返し称えている。これは子の仲麻呂が父を顕彰するために記したものですべて鵜呑みにすることはできないにしても、「権力欲の固まりで陰謀好きな仲麻呂が父の学究肌を褒めた」という点に、武智麻呂の性格が表れているように思う。

長屋王の変を主導したのは藤原房前で、長屋王を窮問するには、実直な藤原武智麻呂が適任と考えたのではなかろうか。房前という人物は、そういう抜け目ないところがある。親譲りの狡猾さと言うべきか。皮肉なことに、武智麻呂と房前の母は蘇我系で（蘇我娼《そがのしよう》子《し》）、藤原氏に流れた「蘇我の血」が、武智麻呂や房前、豊成、仲麻呂らの生き様に、大きな影を落としていたのではあるまいか。

陰謀好きで藤原不比等の気性を強く引いたのは房前と仲麻呂で、対する武智麻呂と豊成に、「蘇我の匂い」を感じずにはいられないのだ。この時代の藤原家のアンビバレンツ（二律背反）と葛藤、そして主導権争いの混乱は、この藤原不比等と蘇我娼子の「血」が、象徴しているように思えてならない。そして、房前と長屋王の間に立たされた武智麻呂の苦悩も、察してあまりある。

また、なぜ藤原不比等が冷や飯を食わされている時代に、「高貴な蘇我氏の女人」と結ばれたのか、ここにも大きな謎が横たわり、「利用され掠奪されていた女性たち」の悲劇を考えずにはいられないが、これは、藤原宮子の不運にも通じている。

それはともかく、問題は、謀反の密告があった時、形の上とはいえ、長屋王を断罪するのは、天皇の役目だ。とはいえ、有力皇族の一家を滅亡に追いやるとなれば、聖武天皇も躊躇《ちゅうちょ》したろうし、自尽を強要するからには、「左道を学んだ」という密告だけでは、どうにも証拠不十分に思えてならない。藤原房前らは、どのように聖武天皇に報告したのだろう。

おそらく、こういうことではなかったか。長屋王の変の前年、基皇子《もといのみこ》が亡くなっている。長屋王が学んでいた「左道」とは、基皇子に対する厭魅呪詛《えんみじゅそ》ではなかったか。

「長屋王は皇位に目が眩んで、基皇子を、呪い殺したのです」

そう説明されれば、聖武天皇も合点がいき、自尽の命令を、追認したのではなかったか。

その一方で、無実の罪で一族が滅んだことが分かれば、誰もが「長屋王は祟って出るにちがいない」と恐れただろう。そして、裁可し、断罪した聖武天皇自身も、事件の当事者であり、祟られる不安に震え上がっただろう。藤原四兄弟があっという間にこの世から消えた時、「次は自分だ」と、真剣に考えただろう。

祟りを恐れられた長屋王

長屋王が祟ったという伝説が、いくつか残されている。

たとえば『続日本紀』も、天平二年（七三〇）六月二十九日条で、「雷が鳴り、雨が降った。神祇官の屋根に落ち、火の手が上がった。人や動物の中に、落雷で亡くなる者も出た」と記す。長屋王の祟りと明言していないが、古来「落雷」は祟りを意味していた。時期的にみても、みな「すわ、長屋王の祟りか？」と、震え上がった可能性は高い。神を祀る役所に落雷があって被害が出たというのは、やはり恐怖だったろう。

それだけではない。九世紀の前半に記された仏教説話集『日本霊異記《にほんりょういき》』には、長屋王の祟りが記録されている。それによれば、館を囲まれた長屋王は、「捕らわれて殺されるぐらいなら」と、子供たちに毒を飲ませ首を絞めて殺し、自らも毒をあおって亡くなった。聖武天皇は勅し、死骸を平城京の外に運ばせ、焼き、砕き、川に撒き、海に捨てた。ただし長屋王の骨だけは、土佐国《とさのくに》（高知県）に追いやった。ところが土佐では、百姓が次々と亡くなっていったのだ。彼らは、

「長屋王の気（祟り）で、国の民が死に絶えてしまいます」

と訴え出たため、聖武天皇は長屋王の骨を紀伊国《きのくに》（和歌山県）の小島に移したという。

長屋王の祟りが聖武天皇や光明子に衝撃を与えたことは間違いない。そして問題は、いかに祟りを鎮めようとしたか、である。

長屋王の変のあと、光明子は必死に慈善事業を行い、「積善《せきぜん》の藤家《とうけ》」と唱えて罪を払おうとしている。そして、法隆寺を特別視し、大切に祀りはじめたのである。

なぜ、ここで法隆寺が登場してくるのかといえば、長屋王が「天武の孫」であったこと、その天武が「親蘇我派」で、藤原氏が潰しにかかった彼ら、蘇我氏や親蘇我派の貴族や皇族をひと括りにして法隆寺に封印し、鎮めようとしたのだろう。長屋王もまた改革派であり、親蘇我派の皇族とみなせば、多くの謎が解けてくる。藤原氏の政敵が祀られている場所が法隆寺であり、だからこそ光明子は、法隆寺を重視したのだろうし、太子等身像《たいしとうしんぞう》＝救世観音《ぐぜかんのん》を祀る東院伽藍《とういんがらん》を建立し、「反藤原派のシンボル＝聖徳太子」を祀りあげ、祟りを鎮めようと躍起になったにちがいない。

さて、長屋王の祟りにこだわってきたのは、ここに『竹取物語』と「中将姫伝説」の謎を解く鍵が残されていたからだ。

梅澤恵美子は、かぐや姫と中将姫は同じ題材から作られたと指摘し、藤原系でありながら藤原の罪を背負い込んだ光明子こそ、物語のモデルとなったのではないかと推理したのである（前掲書）。そのとおりだろう。

月の王の言う「穢き所」とは、権力欲に取り憑かれた藤原氏の天下であり、光明子は、「藤三娘」として、藤原氏発展の片棒を担いだために藤原氏の罪を一身に背負い込んでしまった。けれども光明子は仮面をかぶっていて、本心では藤原の世を忌みきらっていたのに、愛する夫聖武天皇を藤原仲麻呂から守るために、「藤原の女」を演じ続けたにちがいない。ただし、これで『竹取物語』の謎が解けたわけではない。藤原不比等の娘の光明子が、長屋王の祟りに怯えたからといって、はたして聖武天皇に反藤原派になることまで許したのは、なぜだろう。いや、宮子の秘密を暴露したのは光明子だろうから、むしろ積極的に「藤原の世を終わらせようとしていた」ように見えてくるのである。

何か、パズルのひとかけらが見つからないもどかしさが、光明子にはある。ならば、この謎を解き明かすヒントはないものだろうか。

ひとつだけある。光明子の母の存在だ。県犬養三千代である。

詳しくは、次章で。

第四章

県犬養三千代《あがたいぬかいのみちよ》とかぐや姫

藤原豊成は藤原らしくない

光明子がかぐや姫のモデルだったなら、中将姫が藤原豊成の娘という中将姫伝説の「設定」も、偶然ではなかったように思えてくる。

藤原豊成《ふじわらのとよなり》は武智麻呂《むちまろ》の長男（母は阿倍氏）で、ふたりは藤原氏の中にあって珍しく学究肌で温厚な性格の持ち主だった。ただし、弟の仲麻呂（恵美押勝《えみのおしかつ》）が、藤原不比等譲りの策謀家で、権力欲にまみれ、暴走していった。だから、豊成と仲麻呂は反《そ》りが合わず、「親聖武天皇派」の豊成は藤原仲麻呂の全盛期に、干されてしまうのである。

ここで豊成の生涯を追っておこう。

天平九年（七三七）の藤原四兄弟滅亡後、豊成が藤原の氏上《うじのかみ》（長者）となり、聖武天皇の元で活躍した。

藤原豊成は天平九年（七三七）十二月に参議に取り立てられた。天平十一年（七三九）には正四位下、天平十五年（七四三）には従三位中納言に、天平二十年（七四八）三月には、従二位大納言、天平勝宝元年（七四九）四月、大仏殿行幸の日に右大臣に任ぜられた。ちなみにこの時の左大臣は、橘諸兄《たちばなのもろえ》だ。ここまでは、順調に出世階段を上ってきた。しかし、天平勝宝八年（七五六）五月、聖武太上天皇の崩御ののち、坂みちを転げ落ちるように没落する。

天平宝字元年（七五七）三月、聖武の遺詔《いしょう》によって皇太子に立てられていた道祖王《ふなどおう》は廃せられた。その翌月には、誰を皇太子に立てるべきかが話し合われた。藤原豊成と藤原永手《ふじわらのながて》は道祖王の兄の塩焼王《しおやきおう》を推したが、藤原仲麻呂の推す大炊王《おおいおう》に決まってしまった。道祖王廃太子も大炊王立太子も、聖武色を一掃しようとした藤原仲麻呂の謀略であり、孝謙天皇と藤原豊成は仲麻呂の圧力に屈したのだ。ここに、反藤原派（この場合、藤原仲麻呂のみが突出し、豊成ら藤原氏の穏健派も困惑していたので、反仲麻呂派といった方が正確かもしれない）は、追い詰められていったのだ。ちなみに藤原仲麻呂が推挙した大炊王は、藤原仲麻呂の館で「飼い慣らされていた」人物だ。亡くなった藤原仲麻呂の長子の嫁をあてがわれ、大炊王はのちに即位して淳仁天皇となるが、藤原仲麻呂を「父」と呼んでいる。それはともかく……。ここから藤原豊成は一度奈落の底に突き落とされてしまった。

同年七月、橘諸兄の子・橘奈良麻呂らは追い詰められた挙げ句、謀反を起こした。藤原仲麻呂を殺し、大炊王を廃し、皇太后宮を傾け、御璽《ぎょじ》を奪い藤原豊成に号令させ、王位を塩焼王たちに継がせようとしたという。

密告によって事件は事前に藤原仲麻呂に知れるところとなり、首謀者は一網打尽にされた。これが、橘奈良麻呂《たちばなのならまろ》の変《へん》で、すでに述べたように、反藤原派はここに潰滅し、また藤原豊成も右大臣の任を解かれ、筑紫に左遷の命令が下った。しかし藤原豊成は、難波《なにわの》別業《なりどころ》で病を理由に動かなかった。ささやかな抵抗である。

藤原仲麻呂は淳仁天皇から恵美押勝の名を下賜《かし》され、専横を極めた。恵美家だけで朝堂を牛耳り、富を蓄えた。民は苦しみ、反感を買い、天平宝字八年（七六四）ついに孝謙上皇らが立ち上がり、恵美押勝を追い詰め滅ぼした。これが、恵美押勝の乱《らん》だ。藤原豊成は右大臣に復帰し、従一位に叙せられた……。

このように、藤原豊成は藤原氏の長い歴史の中で、例外的に穏健派だ。親天武派と共存しようとしていたことが分かる。

中将姫の父・藤原豊成は藤原氏でありながら、藤原色が薄い。すなわち、ここでも、『竹取物語』と中将姫伝説の近さを感じずにはいられないのである。

壬申の乱で天武に加勢した県犬養三千代の夫

藤原であるのに、藤原であることに苦しんだのが、光明子と中将姫であった。けれども、ひとつ大きな謎がある。それは、もし仮に光明子が私見どおり長屋王の祟りに怯え、悔い改め善行を積んだとしても、なぜ「藤原であること」を嫌い、それどころか夫の聖武天皇が「反藤原派の旗印」になることを許したのだろう。

藤原体制を維持し、その枠組みの中で、長屋王の鎮魂を願うのが、自然ではないだろうか。なぜ光明子は、父・藤原不比等の築き上げた「藤原のための世の中」を、嫌ったのだろう。

ここで、鍵となる女人を登場させよう。それは、光明子の母・県犬養（橘《たちばなの》）三千代で、「藤原なのに藤原を嫌った光明子」を育て上げた人物だ。かぐや姫の本当のモデルは、光明子と県犬養三千代の二人ではないかと、筆者は疑っている。

県犬養三千代といっても、歴史の教科書に載っているわけもなく、ほとんど無名だった。仏像愛好家の中には、法隆寺の名宝・橘《たちばな》夫人《ふじん》厨子《ずし》をご存知かもしれない。厨子に守られた阿弥陀三尊像は県犬養三千代の念持仏《ねんじぶつ》とされている。『法隆寺資財帳《ほうりゅうじしざいちょう》』には、天平五年（七三三）に、光明子が「阿弥陀仏」のために、仏具を奉納したとある。県犬養三千代も光明子も、法隆寺を重視していたから、その縁もあって、大切な念持仏が奉納されたのだろう。

これまで県犬養三千代が注目されてこなかったのは、正史にほとんど登場しなかったことも大きな原因だろう。そしてもうひとつ、古代史に占める女性の地位が、軽視されてきたことも、理由のひとつだろう。しかし、「女性の力」を知り抜いていた藤原不比等は、県犬養三千代を大いに利用したのだ。そして県犬養三千代は、藤原不比等の期待に、よく応えた。

ただし、県犬養三千代は最初から藤原不比等の嫁だったわけではない。いきさつを最初から説明しよう。

県犬養三千代はもともと敏達《びだつ》天皇の末裔の美努王《みののおおきみ》と結ばれ、天武十三年（六八四）には、葛城王《かつらぎのおおきみ》を生んでいた。のちの橘諸兄だ。

美努王は壬申《じんしん》の乱《らん》（六七二）で父親の栗隈王《くるくまのおおきみ》とともに、大海人皇子勝利に体を張って貢献している。

大海人皇子が東国に逃れたことに驚いた大友皇子は、西の敵に警戒した。吉備国守《きびのくにのかみ》と筑紫大宰《つくしのおおみこともち》は大海人皇子に通じている可能性が高かったからだ。そこで使者を送り、大友皇子に加勢することを要請した。もし従わなければ、その場で殺せと命じてもいたのである。

結果、吉備国守は命令に従わず、その場で殺された。一方筑紫大宰の栗隈王は、「われわれは海外の敵から国を守る役目を負っているのだから」と、出兵要請を断った。緊張した場面で、美努王（くどいようだが、県犬養三千代の最初の夫）らは剣を佩《は》き仁王立ちして栗隈王を守った。これにはたまらず使者も尻尾を巻いて逃げざるを得なかったのである。

当然のことながら、美努王も県犬養三千代も、天武朝で重用されていたのである。

県犬養三千代は家族を守るために藤原不比等に従った？

天武八年（六七九）八月、「諸氏《もろもろのうぢ》、女人《をみな》を貢《たてまつ》れ」と詔が出て、氏女《うじめ》の制がはじまっている。中央豪族の男子は大舎人《おおとねり》となり、女子は氏女となって後宮に仕えた。ちなみに、大同元年（八〇六）の官符には、「端正」な者を選ぶように、と記されている。

県犬養三千代は、阿閇皇女《あへのひめみこ》（のちの元明《げんめい》天皇）に仕えたようだ。両者の関係は緊密で、元明の子・珂瑠皇子《かるのみこ》（文武《もんむ》天皇）と氷高皇女《ひたかのひめみこ》（元正《げんしょう》天皇）も、家族同然に接していたようだ。元明は県犬養三千代を高く評価していた。即位直後の和銅元年（七〇八）十一月、元明は県犬養三千代に「橘姓」を下賜している。天武天皇の代から仕えていることを称えられ、「杯に浮かぶ橘」とともに（このあたりに、「粋な遊び心」と関係の深さを感じてしまう）、姓を下賜したのだ。

美努王は持統八年（六九四）九月に筑紫《ちくし》大宰師《だざいのそち》に任ぜられ、九州に赴任し、このあと、藤原不比等は県犬養三千代を妻に迎えいれる。

県犬養三千代はやり手の女だったとする説は根強いものがある。なぜか、女性の学者や作家が、そう考える。たとえば義江明子《よしえあきこ》は『県犬養橘三千代』（吉川弘文館）の中で、県犬養三千代は夫と藤原不比等の器量の差を天秤にかけ、藤原不比等を選んだのだろうと指摘している。藤原不比等とタッグを組んで権力中枢に食い込み、「自らを核とする権力体」を作り上げたという。

杉本苑子《すぎもとそのこ》は『歴史を彩る女たち』（新塔社）の中で、県犬養三千代を次のように酷評している。

〝誠実〟の仮面の下にかくされた奸悪《かんあく》さ……。橘三千代とは、そういう女だし、光明皇后はこの母にあやつられた人形であった

やはり、夫から別の男に乗り換えたという「事実」が、女性たちの不評を買っているのだろう。

しかし県犬養三千代は、彼女らが推理するような権力の亡者だったろうか。法隆寺で守られる橘夫人厨子と念持仏の阿弥陀三尊像を見るにつけ、たおやかで心の澄んだ才媛の姿が目に浮かんでくるのである。

もちろん、このような直感は、何の意味もないと叱責されるかもしれない。しかし、中臣鎌足、藤原不比等親子の「目的のためには手段を選ばない」手口を熟知していた県犬養三千代は、家族（夫、息子、娘）を守るために、藤原不比等の言いなりになったのではなかったか。

県犬養三千代の気持ちを正史は記録していないのだから、断言はできないが、得体の知れない藤原氏に対する恐怖心を県犬養三千代が抱いた可能性を否定できないはずだ。それ

ほど藤原氏のやり方は非情だったのだ。

県犬養三千代の心情を知るためにも、藤原氏の権力を握るまでの手口を、知っておく必要がある。

高市皇子《たけちのみこ》も藤原不比等に殺された？

中臣鎌足や藤原不比等は多くの罪のない者たちをワナにはめ、滅亡に追い込んでいる。はっきりと正史に記録されていないことが多いが、状況証拠を集めれば、やはり、この親子は、返り血で穢れていたとしか思えない。

蘇我入鹿暗殺にはじまり、古人大兄皇子《ふるひとのおおえのみこ》、有間皇子《ありまのみこ》、蘇我倉山田石川麻呂《そがのくらやまだいしかわのまろ》、大津皇子《おおつのみこ》らは、おそらく中臣鎌足や藤原不比等が策を練り、葬り去ったのだ。そして、天武の子の高市皇子も、珂瑠皇子（文武天皇）立太子の直前、邪魔にされ、密殺されていた可能性が高いと筆者は睨んでいる（拙著『藤原氏の悪行』講談社）。

高市皇子が藤原不比等の手で暗殺されたとは、『日本書紀』には記録されていない。しかし、高市皇子の死から珂瑠皇子立太子、文武天皇即位（持統《じとう》天皇の譲位）に至る記述は不自然で、「何かを隠した」としか思えないのである。

県犬養三千代の本心を知る上で重要なことなので、この間の事情を説明しておこう。

まず、『日本書紀』持統十年（六九六）七月十日条に、「後皇子尊《のちのみこのみこと》薨《かむさ》りましぬ」とある。「後皇子尊」が誰をさしているのか、名は示されていない。ただし、すでに亡くなっていた「皇太子草壁皇子尊《くさかべのみこのみこと》」と同等の立場にいて政務を司っていたのは、高市皇子しかいない。ならばなぜ、『日本書紀』は高市皇子の名をはっきりと示さなかったのだろう。

もうひとつ不思議なことがある。持統十一年（六九七）二月二十八日条に、東宮大《みこのみやのおお》傅《かしづき》と春宮大夫《みこのみやのつかさのかみ》の任命記事が載っている。どちらも皇太子に仕える役職で、何が奇妙かと言えば、この時点で持統天皇の皇太子が誰だったのか、わからないことだ。『日本書紀』は「立太子記事」そのものを記していない。その一方で、同年八月に『日本書紀』は記述をやめるが、最後に「天皇《すめらみこと》、策《みはかりこと》を禁中《おほうち》に定《さだ》めて、皇太子《ひつぎのみこ》に禅天皇位《くにさ》りたまふ」と結んでいる。この直後に即位するのは珂瑠皇子（文武天皇）だから、珂瑠皇子立太子の記事がすっぽり抜け落ちていたことが分かる。

いつ珂瑠皇子は立太子したのかというと、『懐風藻』に貴重な証言が残されている。高市皇子が薨去《こうきょ》したあと、皇太后（持統天皇）は皇族や公卿百官を宮中に集め、誰を日嗣《ひつぎ》

だろう。

（皇太子）に立てるべきかを話し合わせたとある。そしてこの会議は紛糾し、擦った揉んだの挙げ句、珂瑠皇子が皇太子に選ばれたというのである。

ここに、大きな疑惑が生まれる。それは、『日本書紀』の「憚《はばか》りの理由」である。なぜ、高市皇子の死と珂瑠皇子の立太子時期を「暗示」するだけで、明確に示さなかったのだろう。

興味深いのは、珂瑠皇子立太子に至るまでの会議の紛糾で、最後にその場の空気を変えたのは、葛野王《かどののおおきみ》（大友皇子《おおとものみこ》と十市皇女《とおちのひめみこ》の子）の発言だった。

神代より今に至るまで、わが国の法によれば、子孫が相続して天位を継ぐことになっている。もし兄弟が相続すれば、必ず乱が起こるであろう。天の心を推測することはできないが、この事態をみれば誰が皇位に就くべきかは、おのずと知れているではないか。それを、なんであれこれと混ぜ返すのだ

この意見に対し弓削皇子《ゆげのみこ》（天武の子）が反対しようとしたが、葛野王は一喝した。その威に押されて、あとは誰も意見を述べなかった……。持統天皇は、葛野王の一言が国家の

日嗣を定めたと言い、王を大抜擢したのである。
この会議、不思議なことがいくつもある。

なぜ持統天皇は即位できたのか

高市皇子が亡くなった時点で、持統天皇の後継者として名が挙がったのは、天武天皇の皇子たちだろう。それを「珂瑠皇子にすべきだ」と葛野王は主張している。ならばなぜ、葛野王は、「兄弟間の皇位継承は法に反している」と、全く関係ないことを言いだしたのだろう。持統と天武の皇子たちは兄弟ではない。ここで話は大きく矛盾している。

ちなみに、持統天皇の即位にも、不審な点がある。高市皇子の話と全く関係ないように見えて、密接に関わっている話だ。

朱鳥《あかみとり》元年（六八六）九月、持統（鸕野讃良皇女《うののさららのひめみこ》）の夫・天武天皇が崩御。冬十月二日、大津皇子の謀反が発覚し、すぐさま首謀者は捕縛され、翌日大津皇子に死を賜った。

大津皇子は文武両道に秀で、多くの人たちに愛されていた。だから、天武の皇太子で鸕野讃良皇女の子・草壁皇子にとって、最大のライバルだった。邪魔者は、こうして謀反で自滅した。

ただし、『日本書紀』は、謀反の証拠をひとつも掲げていない。一方『万葉集』は、大津皇子が謀反で捕縛される直前に東国の伊勢に赴いていたことを記録し、『日本書紀』は無視している。謀反の証拠として、利用できたのに、これは奇妙だ。

大津皇子謀反事件は持統と藤原不比等の陰謀だったとするのが、大方の見方だ。筆者もそう思う。そもそも天武の皇太子は草壁皇子ではなく、大津皇子だったのではないかと疑っている。根拠は、このあと草壁皇子が即位できずに持統三年（六八九）四月に亡くなっていることだ。天武朝の遺臣たちが、大津皇子の即位を願っていたから、鸕野讃良皇女と藤原不比等は、大津皇子を陰謀にはめて抹殺してしまったのだろう。ところが、群臣は反発し、草壁皇子の即位を認めなかったにちがいない。こうして草壁皇子は二年数ヶ月の間、無駄に時間を過ごしたのだと思う。草壁皇子が亡くなると、鸕野讃良皇女が即位したと『日本書紀』は言うが、これも素直に信じることはできない。

罪もない大津皇子を葬り、草壁皇子も即位できないまま亡くなったのは、鸕野讃良の責任だからである。

気になるのは『日本書紀』と『懐風藻』の矛盾

持統天皇は皇族や豪族の「総意」で担ぎ上げられていたわけではなさそうだ。持統天皇は藤原不比等の私邸で即位したと『扶桑略記』は記録する。もしこれが本当なら、異常な事態だ。

それだけではない。『懐風藻』は件《くだん》の葛野王を紹介する一節で、持統天皇を「皇太后」と呼んでいる。これは、過去に天武天皇の皇后だったために与えられた尊称であり、即位していた人物には用いない。

もちろん、「即位していた」という正史『日本書紀』に書かれていた記事を信じることが、歴史を学ぶものの基本である。しかし、『懐風藻』は漢詩集であり、漢字一文字一文字の意味を軽視しないはずだ。もし仮に持統天皇が『日本書紀』の言うように即位していたとしても、『懐風藻』はあえて「皇太后だった」と書き残すことによって、「『日本書紀』のいうような形の即位ではなかった」ことを印象づけようとしていたのではあるまいか。

高市皇子の死の直後に皇位継承問題が勃発したにもかかわらず『日本書紀』が一連の事実を記録せず、ぼやかしてしまったところに、「何かを隠している」と感じずにいられない。ここに持統と高市にまつわる秘密をみる思いがする。

こういうことではなかったか。『日本書紀』に従えば、高市皇子は太政大臣として絶大な権力を保持していた。この時代は皇親政治体制が継続中とはいえ、もし仮に持統天皇が即位していたとしても、群臣はそっぽを向いていただろうし、政治運営の全権は高市皇子に委ねられていたにちがいない。高市皇子こそ、実質的な独裁王（この場合、皇親体制下における暫定的な強権だったことは、改めて述べるまでもない）持統天皇と藤原不比等にとって、高市は邪魔な存在だ。しかも指をくわえてみていれば、高市亡きあと親蘇我派の皇族が即位してしまう。だから、持統と藤原不比等は強引な手口で珂瑠皇子立太子を決め、文武天皇を頂点にし藤原不比等が補佐する（実質的な権力を手中にする）皇親体制の構築を目論んだのだろう。

そして、時間を溯れば、「義母（持統天皇）の死後は、高市皇子が皇位を」という密約を交わしていたと推理することも可能だ。だからこそ、高市皇子の死の直後に皇位継承問題が勃発したのだろうし、葛野王が「兄弟間の皇位継承は法に反している」という発言も、「高市皇子から他の天武の皇子への皇位継承権の委譲」を批判していたと読み解くことができる。

政争渦巻いた藤原京跡

そして、このような高市皇子の立場と直後の持統のすばやい動きを見るにつけ、高市皇子は殺されていても、なんら不思議ではないと思えてくるのだ。手を汚したのは、藤原不比等であろう。そして誰もが、「高市皇子は殺された」と思っていたからこそ、葛野王の理不尽な意見と恫喝《どうかつ》が、効いたということではあるまいか。

藤原仲麻呂に密殺された安積親王《あさかしんのう》

藤原不比等だけではなく、奈良時代の藤原氏は、邪魔になった皇族を容赦なく殺めている。

聖武天皇と県犬養広刀自《あがたいぬかいのひろとじ》の間の子・安積親王は、天平十六年（七四四）閏一月十一日聖武天皇の難波宮行幸に際し、桜井頓宮《さくらいのかりみや》で脚の病（脚気《かつけ》）

にかかり、急きょ恭仁京《くにきょう》に引き返した。ところが二日後に十七歳の若さで急死してしまう。恭仁京の留守役だった藤原仲麻呂に殺されたとする説が、一般にも受けいれられている。

この時代、聖武天皇は藤原仲麻呂との間に主導権争いを演じていて、おそらく藤原仲麻呂を恭仁京に残し、安積親王に玉璽《ぎょくじ》を奪いに行かせたのだろう。難波宮に玉璽を携えて移動し、藤原仲麻呂を恭仁京とともに捨て去るつもりだったのではあるまいか。

聖武天皇と光明子の間には、基皇子が生まれていたが、夭逝してしまっていたし（既述）あとに残った藤原系の皇族といえば、のちに孝謙天皇となる阿倍内親王で独身だったから、もし安積親王が立太子し、即位してしまえば、藤原氏は外戚の地位を追われる。

その安積親王を推す勢力は実際に存在し、たとえば大伴家持は、期待を寄せていたし、安積親王の死後、痛切に死を悼み、歌を歌っている。

安積親王は反藤原派の希望の星で、だからこそ藤原仲麻呂の魔の手が伸びたのだろう。

安積親王の死は、聖武天皇にとっても大きな痛手で、このあと藤原仲麻呂に妥協するかのように、平城京に戻り、阿倍内親王に皇位を譲っている。ここが大きな歴史の分岐点になり、潮目は変わった。聖武天皇は藤原仲麻呂との争いに敗れ、やがて反藤原派の橘諸兄も、勢いを失っていく。

藤原仲麻呂の「非藤原系皇族潰し」の執念は、凄まじかった。安積親王の姉・井上内親《いかみないしん》王《のう》も、藤原氏の陰謀にはまり、子と共に滅亡している。

事件のあらましは、以下の通り。

女帝・称徳《しょうとく》（孝謙《こうけん》が譲位後重祚《ちょうそ》）に子はなかったため、皇位継承問題が勃発、藤原氏の暗躍によって、天智系の光仁天皇が即位した。宝亀元年（七七〇）のことだ。

また、光仁天皇の子が、平安京遷都を敢行した桓武天皇だ。壬申の乱以後続いてきた天武の王統は、こうして途切れ、天智系の王統が、今日まで続いている。ただし、親天武派への配慮であろう、光仁の皇后に立てられたのは井上内親王で、その子の他戸《おさべ》親王《しんのう》が、皇太子に立てられた。

ところが、宝亀三年（七七二）三月に、事件は起きる。井上内親王は夫の光仁天皇に対し、巫蠱《ふこ》（人を呪うこと）を行っていたと疑われ、皇后位を剝奪されてしまった。二ヶ月後には、他戸親王も、厭魅《えんみ》大逆《たいぎゃく》に荷担した罪で、皇太子の地位を追われてしまった（桓武天皇が即位できたのは、この事件があったからだ）。

翌年十月、さらに井上内親王に罪がかぶせられた。天皇の姉の死も、呪いが原因と難癖をつけられ、母子一緒に大和国宇智郡《うちこおり》の「没官《もつくわん》の宅《いへ》」に幽閉されたのだ。

『続日本紀』宝亀六年（七七五）四月二十七日条には、「井上内親王《ゐのうへのひめみこ》、他戸王《おさべのおほきみ》並《ならび》に卒《しゅっ》しぬ」と、あっけない記事が残される。同じ場所にいて同じ日に死んだのは、邪魔になったから殺されたのだろう。なんのことはない。陰謀によって、皇位継承候補は入れ替えられたのだ。

『続日本紀』には事件の詳細は記されていないが、『公卿補任《くぎようぶにん》』には、他戸廃太子事件は、藤原百川《ももかわ》の策謀だったと記されている。百川は藤原不比等の孫である。

井上内親王と他戸親王が無実の罪で殺されたことは、その後彼らが祟ると信じられていたことからも明らかだろう。『本朝皇胤紹運録《ほんちょうこういんじょううんろく》』には、獄中で亡くなった母子は竜になって祟ったといい、『水鏡《みずかがみ》』や『愚管抄《ぐかんしょう》』には、二人の死後天変地異が続き、藤原百川は悪夢にうなされ、井上内親王は竜となって祟ったという。光仁天皇と山部《やまべ》皇太子（桓武天皇）も、調子を崩し、寝込んでしまった。次第に御霊信仰《ごりょうしんこう》（御霊とは、祟る恐ろしい神）が盛んになっていき、井上内親王と他戸親王は、御霊神社《ごりょうじんじゃ》（奈良県奈良市）などで、祟り神（御霊）として祀られていくようになったのである。

なぜ県犬養三千代が必要だったのか

藤原氏がなぜ、次から次と邪魔になった人びとを排除していったのか、なぜ罪もない立場の弱い人をも標的にしたのか……。その理由は、すでに述べたように、彼らが百済王家出身だと仮定すれば、多くの謎が解けてくる。井上内親王と他戸親王を葬り去ることで玉《ぎょく》座《ざ》を手に入れた桓武天皇の母が百済系だったのは、藤原氏が百済系の血脈で周囲を固めようと考えたからだろう。

このようにみてくれば、夫の留守中に藤原不比等に寝取られた県犬養三千代が、なぜ藤原不比等のために働くようになったのか、その理由が見えてくるはずだ。「家族の身の安全を守るためではないのか」、という推理の意味が、理解していただけたと思う。おそらく、美努王の九州行きから、すでに藤原不比等の県犬養三千代奪取計画ははじまっていたのだろう。

そこで次に問題にしたいのは、県犬養三千代をなぜ必要だったのか、ということである。

藤原不比等に嫁いだ県犬養三千代の最大の功績（藤原不比等にとってだが）は、石川刀《いしかわのと》子娘《ねのいらつめ》貶黜《へんちゅつ》事件《じけん》だったと思われる。そこで、事件の経過を追っておきたい。あまり有名ではないが、平城京の歴史を語る上で、避けては通れない節目になった事件である。

和銅《わどう》三年（七一〇）の平城京遷都によって、藤原不比等は目の上のたんこぶだった左大臣石上《いそのかみ》（物部《もののべ》）麻呂《まろ》を旧都（藤原京）の留守役にして捨ててしまった。こうして朝堂のトップに立った藤原不比等は元明《げんめい》天皇（女帝）を支え、このあと、皇位は娘の元正《げんしょう》天皇（すでに亡くなっていた文武天皇の姉）、聖武《しょうむ》天皇へとバトンタッチされていく。

この間、何事もなかったかのように、首皇子が皇太子の地位を射止め、即位できたかのように見えるが、首皇子立太子にいたるまで、綱渡りのような状態が続いたのだ。そしてここで、県犬養三千代の活躍が光ったのである。

ここでまず言い添えておかなくてはならないことがある。それは、蘇我氏が七世紀半ばの乙巳の変（六四五）と蘇我倉山田石川麻呂の滅亡事件（六四九）で衰弱してしまったイメージが強く、権威も失墜してしまったと思われがちなことだ。しかし、壬申の乱（六七二）を勝利に導いた立役者は蘇我氏と尾張氏で、どちらも平城京遷都（七一〇）ののちも、ヤマトを代表する貴族として尊崇を集めていたのである。

たとえば、持統天皇や元明天皇も、母は蘇我氏であり、「蘇我系の皇族」の地位は、決して低くはなかった。だから、藤原氏は蘇我系の女性を非常に警戒したのだ。それを象徴する事件が、石川刀子娘貶黜事件だったのである。

石川刀子娘《いしかわのとねのいらつめ》貶黜《へんちゅつ》事件《じけん》の目的は蘇我系の有力皇族を蹴落とすこと

『続日本紀』和銅六年（七一三）十一月五日の条に、次の一文がある。

石川《いしかは》・紀《き》の二嬪の号《な》を貶《おと》し、嬪《ひん》と称《なの》ること得《え》ざらしむ

石川と紀というのは、聖武天皇の父・文武天皇の二人のキサキを指している。石川刀子娘と紀竈門娘《きのかまどのいらつめ》だ。「嬪」とは、キサキの地位を言っている。この日から、「嬪」と呼ぶことはできなくなったといっている。ただし、文武天皇は慶雲《けいうん》四年（七〇七）にすでに崩御している。

なぜ突然、「もうこれからは嬪を名乗ってはダメ」になったのだろう。

『続日本紀』文武元年（六九七）八月二十日条には、文武天皇の三人の妃の名がみえる。

平城京に遷都して多くの豪族が没落した

藤原不比等の娘の宮子が「夫人《ぶにん》（三位以上）」、紀竈門娘と石川刀子娘が「妃《きさき》（嬪の誤りと考えられている。嬪は四位か五位）」とあり、宮子が二人よりも上の立場だったことになる。けれども、このような規定は当時なく、『続日本紀』編者が、藤原氏の意を汲んで宮子の地位を高く見せかけた可能性が高いと考えられている。本当は、三人に身分に差はなかったというのだ。ならばなぜ、文武天皇崩御ののち、宮子はそのままで、他の二人は「嬪を名乗ってはいけない（これが貶黜）」と、釘をさされたのだろう。

「貶黜」の条件には、近親の者が謀反を起こしたり、密通、厭魅呪詛《えんみじゆそ》（呪うこと）などがある。しかしふたりの親族は謀反を起こしていないし、ふたりいっぺんに密通というのも不自然だ。藤原氏が政敵をワナにはめる時によく使われるのが、「お前たちは呪った」と言いがかりをつけることで、まさにこの場面でも、同じ事が起きたのだろう。ただし、「嬪を名乗れなくなる」ことに、どれほどの実害があるのだろう。しかも、文武天皇はすでに亡くなっている……。

まず、ここで指摘しておきたいのは、石川刀子娘の「石川」は「蘇我」で、文武天皇が蘇我系の女性と結ばれていたことだ。

そして、『続日本紀』はまったく無視するが、『新撰姓氏録《しんせんしょうじろく》』の記事から、石川刀子娘には、ふたりの男子（皇子）がいたらしいことも分かっている。その内のひとりが、『続日本紀』天平宝字《てんぴょうほうじ》四年（七六〇）二月十一日条に登場していたようだ。「石川朝臣広成《いしかわのあそんひろなり》が、高円朝臣《たかまどのあそん》の姓を下賜された」の記事である。

問題は、石川刀子娘が「嬪」を名乗れなくなったことで、石川刀子娘の産んだふたりの男子が臣籍降下し、皇位継承候補からはずされたであろうことである。

つまり、回りくどい方法によって、首皇子のライバルは蹴落とされたのだ。しかも、このようなあこぎな手段を用いざるを得なかったのは、石川（蘇我）の権威がいまだに健在で、そうしなければ宮子の子は、立太子できなかったからだろう。

権謀術数に長けた県犬養三千代？

石川刀子娘貶黜事件の八ヶ月後の和銅七年（七一四）六月に、首皇子が皇太子に冊立された背後には、このような藤原氏による「涙ぐましい」努力が隠されていたわけである。

聖武天皇は、エスカレーターに乗せられ順調に玉座を手に入れたのではなく、最大のライバルを卑怯な手口で蹴落として、ようやく手に入れたものだったのである。

この石川刀子娘貶黜事件を成し遂げたのが、県犬養三千代だったのではないかと疑われている。

角田文衞《つのだぶんえい》は県犬養三千代を権謀術数に長けた天才とみなし、未亡人の貞操観念に厳しい元明《げんめい》天皇を利用したのではないかというのだ。すなわち、石川刀子娘の悪い噂（作り話であろう）を元明天皇に吹き込んだのではないか、という。元明は文武の母であり、息子の死後、嫁の不貞を許しはしなかったということになる。さらに、激怒する元明を県犬養三千代がなだめ、廃黜にしようとするところを、貶黜に留めさせたのではないかという。この取りなしによって、蘇我氏や紀氏《きのし》ら旧豪族たちの謗《そし》りや怨みをそらすことができたという（『律令国家の展開』）。いかにもありそうなことだ。

藤原不比等は、ヤマト建国来続いてきた「王、大王、天皇と豪族（貴族）の関係」を、「女系の視点」で見つめたのだろう。天皇の命令は絶対だ。しかし律令では、天皇の命令を作るのは太政官の仕事で、太政官を支配することで、実権を手に入れることができた。しかし一方で、すでに述べたように、いざとなれば、「天皇の命令」を太政官抜きで引き出すことができると考えた。それは、ヤマト建国来、実力者が自家の女性を天皇に嫁がせ、生まれ落ちた子を即位させることによって、実質的な権力を手に入れることができるというシステムが存在したからだ。

だから藤原不比等は、何がなんでも外戚の地位を確保しようと目論んだだろう。そのための近道は、後宮（江戸時代の大奥のような存在）を支配し、邪魔な女人（キサキ）たちを潰していくことだったのだ。だからこそ、藤原不比等は、県犬養三千代を必要としたのである。

怯え続けた元明天皇

ところで、先述した角田文衞は、県犬養三千代はうまく潔癖症の元明天皇を利用したと言うが、仮に県犬養三千代が元明天皇とともに石川刀子娘貶黜事件の主役を演じたにしても、元明天皇や県犬養三千代には、もっと深い「悩み」が隠されていたように思えてならない。県犬養三千代の場合は、すでに述べたように、やむなく藤原不比等に従った振りをしていたのだろう。もうひとりの元明天皇も、これまで知られることのなかった苦悩を抱えていたように思えてならない。

この時代、頻繁に女帝が現れるが、持統天皇以外の女帝は、「無理矢理立てられた」人たちで、持統天皇のように権力欲にかられていたとは思えない。元明天皇は、時代の犠牲者のようなところがある。

元明天皇は文武天皇の母で天智天皇の娘、持統天皇の妹だ。文武天皇亡き後急きょ担ぎ上げられたのは、藤原不比等の策謀であろう。時間稼ぎをして、首皇子の立太子を成し遂げるためである。

ただし、元明天皇自身に、首皇子即位のために即位した、という意識はなかったのではなかろうか。

息子・文武天皇の最晩年、病床で文武は、母に譲位を何度も申し出たようだ。母はこれを受けず、けれども慶雲四年（七〇七）六月十五日、文武天皇が崩御するその日、禅譲を受け入れたという。

悲劇的な物語だが、このような詳細な事情を『続日本紀』が取りあげるのは、天武の王家にあって、持統天皇と元明天皇ふたりの天智の娘が登場することに、違和感があったからだろう。つまり、元明の即位の言い訳も用意せざるを得なかったのである。

元明天皇は、何かに怯えて即位したような雰囲気がある。

それがわかるのは、『万葉集』巻一―七六、七七の元明天皇と姉の御名部皇女《みなべのひめみこ》の歌だ。

天皇の御製《おほみうた》

ますらをの鞆《とも》の音すなりもののふの大臣《おほまへつきみ》楯立《たて》つらしも

御名部皇女《みなべのひめみこ》の和《こた》へ奉《まつ》る御歌

わご大君物な思《おも》ほし皇神《すめかみ》のつぎて賜へるわれ無《な》けなくに

二首の歌を、どう解釈すればよいだろう。

『日本古典文学大系　萬葉集　一』（岩波書店）は、次のように訳している。

「勇士が弓を射て鞆に弦のあたる音が聞えてくる。将軍が楯を立てて調練をしているらしい」
「わが大君よ心配なさいますな。皇祖神が大君に副《そ》えて生命を賜わった私がおりますのですから」

しかし、もっと違う読み方が可能だ。まず、「もののふの大臣」を「将軍」「軍人」と読み、軍事調練を恐れているというが、原文は「物部大臣」と記す。和銅元年（七〇八）、元明天皇の時代に石上（物部）麻呂は左大臣に登りつめていた。それに、物部氏は即位儀礼に際し大楯を立てるのが伝統となっていた。『古《こ》語拾遺《ごしゅうい》』によれば、ヤマト建国当時から、物部氏が多くの人を率いて矛と楯を造り、供えたとある。古墳にも楯型埴《たてがたはに》輪《わ》が並べられるように、楯は呪具であり、ヤマトの祭祀に深くかかわった物部氏が立てたことに、大きな意味があったろう。弓を鳴らすのは、ヤマト朝廷のお膝元、三輪山の神を呼び寄せる呪術であった。

また物部氏は、旧豪族の中で、唯一大嘗祭《だいじょうさい》に参加できる特別な氏族だった。とすれば、前の歌は、別の意味にとれる。

元明天皇は、「大臣が楯を立てているらしい」と怯えていた。興味深いのは、元明天皇が即位してしばらくして平城京遷都が敢行され、すでに述べたように、こののち石上麻呂は旧都の留守役を命じられ、捨てられていたことである。これが藤原不比等の陰謀であろうこと、石上麻呂が元明天皇の即位に異を唱え、即位儀礼からはずされ、宮の外で、抗議の意味を込めて楯を立て、弓を鳴らしていたと推理すれば、この歌の状況が、臨場感をもって再現できる。

元明天皇の即位は変則的で、藤原腹の御子（この場合具体的には首皇子）の立太子と即位を待つための中継ぎ、方便であった。石上麻呂に代表される旧豪族は猛烈に抗議し、元明天皇を支える藤原不比等は、無視した。けれども元明天皇は、群臣たちの敵意に怯えたのであろう。姉の御名部皇女は、だからこそ元明天皇に寄り添い、力づけたのである。

元明天皇は大津皇子の祟りに震えていた？

もうひとつ、元明天皇の「おびえ」を考える上で、無視できない場所がある。それが、

か。
元明天皇は、途中で皇位を娘で文武天皇の姉の氷高内親王《ひたかないしんのう》（元正天皇《げんしょう》）に譲っている。その理由を、次のように語った。『続日本紀』霊亀《れいき》元年（七一五）九月二日条だ。

朕《われ》（元明天皇）は、天下に君として臨み、百姓《おおみたから》を撫育《ぶいく》（万民を慈しみ、養ってきた）してきた。天の助けを借り、先祖代々の遺業に助けられ、天下は安らかだった。しかし、恐れ謹む心は、朝から晩まで保って怠らず、敬い慈しむ心は日増しに強まった。政事《まつりごと》に心を砕くことすでに九年。若々しさはなくなり、老いて政事にも嫌気がさしてきた。静かで安らかな境地を求め、高く風雲を踏んでみたくなった。煩わしい俗世のしがらみを離れ、履き物を脱ぐように、さっさと皇位を投げ出したい。そこで、皇位継承の神器を皇太子に譲ろうと思ったが、まだ幼少ゆえ、多くの政務をこなすことは無理だ。だから、氷高内親王は若く、評判も良い。心が広く、深い性格を天から授かっている……。

およそ、為政者の言葉とは思えない。「政事に嫌気がさした」「さっさと皇位を投げ出したい」と、ヤケ気味ではないか。この時代の高貴な女性たちが、「藤原の世を創るためにみな利用されている」ことに、嫌気がさしていたのではなかったか。飽き飽きした、というレベルの話ではない。藤原不比等の野望のおかげで、恐ろしい祟りに怯えなければならなくなったのである。

この苦しみは、県犬養三千代の場合、もっと深刻だったように思えてならない。

県犬養三千代の懺悔

県犬養三千代にとって元明天皇は親族のような存在だった。むしろ元明自身が、県犬養三千代を乳母と思い、慕っていたことだろう。さらに珂瑠皇子（文武天皇）や氷高内親王（元正天皇）も、「県犬養三千代ファミリー」の一員と言っても過言ではなかった。後宮から古代史を見つめ直せば、県犬養三千代の存在感は高まる一方だ。藤原不比等が道筋を造った「外戚の地位を独占する藤原氏」だが、実際には、県犬養三千代の協力がなければ、何も成し遂げられなかっただろう。

けれども、県犬養三千代が嬉々として藤原不比等に協力していたかというと、首をかしげざるを得ない。脅され、家族を守るために、県犬養三千代は藤原不比等の右腕として働いていたにちがいない。

梅澤恵美子は『不比等を操った女』(河出書房新社)の中で、次のように述べる。

ただ悲しいかな、県犬養三千代が活躍すればするほど、藤原氏は栄え、そして、他の豪族たちは衰退していった。これは、けっして県犬養三千代一人のせいではなく、天武《てんむ》が死んだ時点で、時代の潮流はすでに藤原によって、強引に藤原側に引き寄せられていたということなのである。しかし県犬養三千代にとっては、天武系の衰退を目にすることは、悲しいことであったに違いない。

次第に県犬養三千代は、自責の念に襲われ深い憂鬱にさいなまれていくようになったのではないか。政争に敗れ、藤原氏の魔の手にかかった者たちへの、懺悔の気持ちが、日一日と募っていったのではなかったか。

そのとおりだろう。

法隆寺との強いつながりが、県犬養三千代の「懺悔」の気持ちを、端的に表していると思う。

すでに触れたように、橘夫人厨子と阿弥陀三尊の念持仏は、県犬養三千代のものと考えられている。さらに、法隆寺西院伽藍の西北側に、西円堂《さいえんどう》（再建）があって、県犬養三千代の建立と伝わっている。

県犬養氏の本貫地は大阪で、すぐ近くに聖徳太子の眠る磯長谷《しながだに》がある。だから、聖徳太子追慕の念と考えられもするが、法隆寺を単純な「聖徳太子の寺」と考えるわけにはいかない。梅原猛の言うように、法隆寺は怨念封じの寺なのであって、ただし、聖徳太子ひとりを祀っているのではなく、藤原氏によって闇に葬られた、罪なき人びとを十把一絡《じっぱひとから》げにして、祀っている場所なのである。

そして、県犬養三千代が恐れ、祀ったのは、蘇我系の皇族であり、その代表格が、天武天皇と長屋王だったろう。

県犬養三千代は天武天皇に重用され、可愛がられたにもかかわらず、やむなく藤原不比等のために、働かなければならなかった。その一方で、後宮に影響力を及ぼす中で、元明天皇とその家族と強い絆で結ばれ、あるいは、「藤原不比等のため」ではなく「元明一族の繁栄のため」と意識を切り替え、職務に励んだのかもしれなかった。ところが、長屋王滅亡事件で、元明天皇の娘の吉備内親王と孫たちが、滅亡してしまったのである。

だ。法隆寺に祀られるのは、「聖徳太子だけ」ではない。藤原氏によって「罪もないのに追い詰められ」「罪もない家族まで殺された」人びとの魂が、眠っているのであり、県犬養三千代も光明子も、傍観者ではなく、むしろ積極的に政敵を叩きのめし、勝利を勝ち取った側に立っていた。もちろんそれが、「本意ではなかった」にしても、のしかかってくる罪の重さに変わりはない。そしてこのふたりの人生は、そのまま『竹取物語』のかぐや姫と中将姫伝説の主人公の姿に重なっていくのである。

梅澤恵美子は『竹取物語と中将姫伝説』の中で、次のように述べている。

かぐや姫の生涯は、現世においてただひたすら、人を遠ざけるためだけの生涯であった。中将姫もまた、かぐや姫同様、人の世から離れることでしか、現世での生きる道は見出せなかった。

そうなのだ。県犬養三千代も光明子も、歴史の勝者のように見えて、現世の地獄をさまよっていたのだ。そしてこの悲劇の女人たちの姿をモデルにして、『竹取物語』は編まれ中将姫伝説が生まれたのだろう。

『竹取物語』と中将姫物語は、藤原の世を呪う気持ちから書かれたのではなく、ひょっとすると、権力欲に飢えた男どもの犠牲となり、苦しみ、嘆き、呪い、鎮魂に励んだあわれな女人たちの苦悩の叫びを後の世に伝えたいというその一心で書かれたのかもしれないと思えてくるのである。

おわりに

ツムラの入浴剤「バスクリン」の古いパッケージには、「花かんざしをさした女性」のロゴが描かれていた。これは、中将姫《ちゅうじょうひめ》をモデルにしている。明治時代から続くツムラ（津村順天堂《つむらじゅんてんどう》）の主力製品（婦人薬）が「中将湯《ちゅうじょうとう》」の名で売られていたためだ。また、バスクリンは当初、「浴剤中将湯」の名前で売られていて、もちろん中将姫のロゴが大きく描かれていた。

創業者津村重舎《つむらじゅうしゃ》は東京で事業を展開したが、出身は奈良県宇陀郡《うだぐん》で、母方の実家に伝わっていた婦人薬を中将湯の名で売り出し、これが大いに当たったのである。

ちなみに、津村家は雲雀山青蓮寺《ひばりやましょうれんじ》の檀家で、また、母親の実家が中将姫を匿い、そのお礼に薬の製法を教わったのだという。何とも因縁めいている。

中将姫は実在しなかったというのが、史学界の常識になっているが、その一方で、なぜか各地に伝承が残されている。

たとえば奈良市内の「ならまち」の奥の一帯に、中将姫の誕生地という伝説が伝わる。その中のひとつが、誕生寺《たんじょうじ》（浄土宗）だ。ここに藤原豊成《ふじわらのとよなり》の館《やかた》があり、中将姫が生まれ

た と伝わる。境内に産湯の井戸があって、普段拝むことはできないが、その中に石仏が祀られていて、蓋《ふた》をしてある。不可解な祀り方をしている。

天平十二年（七四〇）に光明子《こうみようし》が祈願をしたという断簡《だんかん》が残されるが、本物だろうか。そもそも、この一帯は旧元興寺《きゆうがんごうじ》の境内なのだから、豊成の館が存在したかどうかも怪しい。だから、あえてここで、光明子と中将姫の関係を強調しようとは思わない。ただ、「藤原系の女性が、悲劇的な境遇にあった」と語り継がれ、あちこちに伝承が残されたことだけは、無視できないのである。

なお、今回の執筆にあたり、祥伝社黄金文庫編集長吉田浩行氏、歴史作家の梅澤恵美子《うめざわえみこ》氏に御尽力いただきました。改めてお礼申し上げます。

合掌

参考文献

『古事記祝詞』　日本古典文学大系（岩波書店）
『日本書紀』　日本古典文学大系（岩波書店）
『風土記』　日本古典文学大系（岩波書店）
『萬葉集』　日本古典文学大系（岩波書店）
『続日本紀』　新日本古典文学大系（岩波書店）
『魏志倭人伝・後漢書倭伝・宋書倭国伝・隋書倭国伝』　石原道博編訳（岩波書店）
『先代舊事本紀』　大野七三（新人物往来社）
『日本の神々』　谷川健一編（白水社）
『神道大系　神社編』（神道大系編纂会）
『古語拾遺』　斎部広成著　西宮一民編集（岩波文庫）
『藤氏家伝　注釈と研究』　沖森卓也　佐藤信　矢嶋泉（吉川弘文館）
『日本書紀　一　二　三』　新編日本古典文学全集（小学館）
『古事記』　新編日本古典文学全集（小学館）

『日本古典文学全集　竹取物語　伊勢物語　大和物語　平中物語』（小学館）
『竹の民俗誌』　沖浦和光（岩波新書）
『定本　柳田國男集　第六巻』　柳田国男（筑摩書房）
『日本文学の民俗学的研究』　三谷栄一（有精堂）
『かぐや姫の誕生』　伊藤清司（講談社現代新書）
『物語をものがたる』　河合隼雄対談集（小学館）
『物語文学の世界』　三谷栄一（有精堂）
『竹取物語』　中河與一訳注（角川文庫）
『日本書紀の謎を解く―述作者は誰か―』　森博達（中公新書）
『日本書紀　成立の真実　書き換えの主導者は誰か』　森博達（中央公論新社）
『藤原鎌足とその時代』　青木和夫　田辺昭三編（吉川弘文館）
『万葉集大成　第十巻　作家研究篇下』　五味智英（平凡社）
『寺社縁起からお伽話へ』　五来重（角川書店）
『竹取物語と中将姫伝説』　梅澤恵美子（三一書房）
『當麻寺私注記』　河中一學（雄山閣出版）

『正倉院の謎』由水常雄（中公文庫）
『続日本の絵巻20　当麻曼荼羅縁起　稚児観音縁起』（中央公論社）
『海人と天皇』梅原猛（新潮文庫）
『県犬養橘三千代』義江明子（吉川弘文館）
『歴史を彩る女たち』杉本苑子（新塔社）
『角田文衞著作集　第三巻　律令国家の展開』角田文衞（法蔵館）
『不比等を操った女』梅澤恵美子（河出書房新社）

古代史で読みとくかぐや姫の謎

一〇〇字書評

切り取り線

購買動機（新聞、雑誌名を記入するか、あるいは○をつけてください）

- □（　　　　　　　　　　　　　　）の広告を見て
- □（　　　　　　　　　　　　　　）の書評を見て
- □ 知人のすすめで
- □ タイトルに惹かれて
- □ カバーがよかったから
- □ 内容が面白そうだから
- □ 好きな作家だから
- □ 好きな分野の本だから

●最近、最も感銘を受けた作品名をお書きください

●あなたのお好きな作家名をお書きください

●その他、ご要望がありましたらお書きください

住所	〒				
氏名		職業		年齢	
新刊情報等のパソコンメール配信を 希望する・しない	Eメール	※携帯には配信できません			

あなたにお願い

この本の感想を、編集部までお寄せいただけたらありがたく存じます。今後の企画の参考にさせていただきます。Eメールでも結構です。

いただいた「一〇〇字書評」は、新聞・雑誌等に紹介させていただくことがあります。その場合はお礼として特製図書カードを差し上げます。

前ページの原稿用紙に書評をお書きの上、切り取り、左記までお送り下さい。宛先の住所は不要です。

なお、ご記入いただいたお名前、ご住所等は、書評紹介の事前了解、謝礼のお届けのためだけに利用し、そのほかの目的のために利用することはありません。

〒一〇一-八七〇一
祥伝社黄金文庫編集長　吉田浩行
☎〇三（三二六五）二〇八四
ohgon@shodensha.co.jp

祥伝社ホームページの「ブックレビュー」からも、書けるようになりました。
http://www.shodensha.co.jp/bookreview/